알로하 파라다이스

나는
또
하와이로
간다

알로하 파라다이스 나는 또 하와이로 간다

1판 1쇄 발행일 2019년 11월 30일

글·사진 박성혜 | **펴낸이** 김민희, 김준영
편집 김민희 | **디자인** 스튜디오 헤이,덕
영업 마케팅 김영란 | **제작** 더블비
펴낸곳 두사람 | **주소** 서울시 마포구 월드컵로14길 24 302호
팩스 02-6442-1718
메일 twopeople1718@gmail.com
등록 2016년 2월 1일 제 2016-000031호
ISBN 979-11-90061-06-3 03810

두사람은 여행서 전문가가 만드는 여행 출판사, 여행 콘텐츠 그룹입니다.
독자들을 위한 쉽고 친절한 여행서, 클라이언트를 위한 맞춤 여행 콘텐츠와 서비스를 제공합니다.
Published by TWOPEOPLE, Inc. Printed in Korea

이 도서의 국립중앙도서관 출판예정도서목록(CIP)은 서지정보유통지원시스템 홈페이지
(http://seoji.nl.go.kr)와 국가자료종합목록 구축시스템(http://kolis-net.nl.go.kr)에서 이용하실 수 있습니다.
(CIP제어번호: CIP2019045203)

두사람

목차

prologue

나의 하와이를 만나다

온전한 파라다이스

퇴사 후 마침내 프리랜서가 되었다. 더 이상 사장 눈치를 보지 않아도 되고 이런저런 일정에 쫓길 필요도 없어졌다. 마침내 모든 구속으로부터 해방된 것이다. 덕분에 시간을 오롯이 쓸 수 있었고 직장인 시절에는 꿈도 못 꾼 방식으로 여행을 시작했다. 적어도 1년에 한 번 정도는 3주에서 한 달쯤 어디론가 훌쩍 떠나는 식이었다.

물론 회사를 다닐 때에도 틈틈이 미국, 유럽 등을 여행하곤 했다. 꼭 가보고 싶던 곳, 매력이 넘치는 곳을 찾아다녔지만 다시 가고 싶을 만큼 사로잡힌 적은 없었다. 세상은 넓고 갈 곳은 넘쳐나는데, 한 번 여행한 곳을 또 찾다니 시간 낭비라고 생각하던 나였다. 하지만 하와이를 만난 뒤 나는 뜻밖에 하와이 앓이를 시작했다. 지인들에게 "나 하와이에 또 가"라고 말하면 대부분 "진짜? 또?"라며 고개를 저었지만, 이제는 당연하다는 듯 "아, 하와이? 잘 다녀와"라고 대꾸

한다. 그렇게 4년간 여권에 찍힌 스탬프는 오직 단 한 곳, 하와이뿐이었다.

사실 하와이는 여행지 버킷 리스트 목록에 단 한 번도 적지 않은 장소였다. 그런데 프라하 천문시계탑 앞에서 우연히 60대 부부와 인연을 맺게 되면서 나의 다음 여행지는 하와이가 되었다. 인상 좋던 노부부가 일생 동안 꼭 한 번 가야 할 곳으로 하와이를 추천한 까닭이다. 당시 나는 하와이가 어디에 있고 몇 개 섬으로 이뤄졌는지조차 알지 못했다. 지금 떠올리면 참 너무하다 싶을 만큼 하와이에 무지한 채로 떠난 첫 번째 하와이 여행. 마우이에서 2박에 오아후에서 4박을 더한 일정이었다. 이 무모한 첫 하와이 여행 후 나는 스스로를 한참 자책했다. 엿새 일정 동안 두 섬을 모두 볼 수 있을 줄 알다니!

그로부터 1년 뒤 3주 일정으로 하와이를 다시 찾았다. 마우이, 빅 아일랜드, 오아후 각 섬에 일주일씩 머물면 충분하지 않을까 싶었다. 그러나 이 또한 하와이가 제아무리 커봤자 고작 섬일뿐이라고 여긴 오만이었다. 각 섬마다 즐길거리, 볼거리가 넘쳐났던 것이다. 어리바리 뭘 몰랐던 첫 번째 방문과 달리 두 번째 여행에서는 하와이의 하늘, 바다, 산이 고스란히 눈에 들어왔다. 야자수처럼 서서 온몸으로 하와이의 바람을 느꼈다.

하와이로의 여행 횟수와 기간이 점차 늘어갔다. 어떻게든 목적을 만들어 하와이에 갈 궁리만 했다. 여행 계획이 전혀 없어도 항공권 예매 사이트를 제집 드나들 듯했다. 내가 가지 않아도 가까운 지인이 하와이로 떠나면 그것 또한 즐거웠다. '알로하 정신'과 '알로하 타임'은 눈코 뜰 새 없이 바쁜 일상에서 소진한 에너지를 완벽하게 채워주었다.

하와이 홀릭으로 살면서 현지인처럼 하와이를 즐기는 법을 알아갔다. 관광이 아니라 진짜 여행을 하면서 삶이란 무엇인지, 세상을 어떻게 살아야 하는지 골몰했다. 그렇게 일상처럼 자연스럽게 즐기는 나만의 여행법을 찾았다. 그간 하와이로의 여행은 열세 번이나 반복되었고 이제야 하와이를 조금 알 것 같다. 하와이 하면 누구나 떠올리는 이국적인 정취에 그치지 않고, 진짜 사랑할 수밖에 없는 하와이에서의 경험을 이곳에 살짝 옮겨보려 한다. 이야기가 끝날 때쯤 나는 아마도 호놀룰루행 비행기에 탑승하고 있지 않을까. 아직 못다 한 이야깃거리를 다시 찾기 위해서.

Part 1

지상낙원이 실재했다니!

와이키키, 오아후

비가 와도 괜찮아

무지개가 있는 일상

'무지개 주'라는 별명에 걸맞게 무지개가 흔한 하와이. 그만큼 하와이는 비가 매우 잦고 구름의 이동이 빠른 곳이다. 하와이 곳곳에는 높은 산이 솟아 있는데 봉우리를 오르기 전까지 퍼붓던 비가 고개 너머에선 자취를 싹 감추곤 한다. 그 자리에 기다렸다는 듯 슬며시 모습을 드러내는 무지개. 자동차 번호판, 도심을 가로지르는 버스는 물론이고 다양한 기념품에서도 쉽게 무지개를 볼 수 있으니 그야말로 무지개 천국. 비가 갠 뒤 따스한 햇볕과 함께 찾아오는 일곱 빛깔 무지개는 기분을 마냥 좋게 해주는 마법이다.

처음엔 '비가 오면 오는 대로 여행을 즐기자'라고 생각했다. 하지만 날이 궂으면 몸도 마음도 고생스러운 게 사실이다. 여행자 대부분은 큰맘 먹고 온 여행지에서 비를 만날 경우, 여행을 망쳤다고 여긴다. 나도 마찬가지였다. 온라인 커뮤니티에서 본 어떤 사람은 여행지의 다양한 기상 정보를 종합하고 나름의 데이터베이스를 만들어 비가 오지 않는 시기에만 여행을 떠난다고 했다. 이렇듯 누군가에겐 비가 여행의 큰 걸림돌이다.

이제 나는 하와이의 비가 금방 그친다는 것을, 그리고 날이 개면 무지개가 말간 얼굴을 내민다는 것을 잘 안다. 설레는 마음으로 찾은 하와이에서 비를 만났는가? 그렇다면 비 내린 후 풍경을 떠올리면 어떨까. 상큼한 공기, 탁 트인 하늘에 절로 기분이 풀릴 것이다. 게다가 하와이는 얄궂은 비만 그친다면 언제나 눈부시게 밝고 청명한 시야를 자랑한다. 그러니 비 오는 하와이와, 비 그친 하와이 모두를 사랑할 수밖에.

그 날은 낚시 중인 지인 제이 부부를 만나러 알라모아나 리저널 파크에 갔다. 현지인들이 운동을 하거나 피크닉을 위해 많이 찾으며 대규모 행사도 자주 열릴 만큼 큰 규모를 자랑하는 곳이다. 공원과 인접해 있는 알라 와이 요트 하버와 공원 가장자리에서는 낚시도 할 수 있다. 평소 낚시광인 제이 덕분에 덩달아 낚시를 즐겼다. 물론 낚싯대보다 수다 떨기에 집중했지만. 부둣가에 앉아 하염없이 입질을 기다렸다. 한참이나 물고기 소식이 없어 라면을 끓여 먹고 준비해간 간식으로 허기를 달래다 보니 잿빛 기운이 공원에 가득했다. 마침내 뚝 하고 떨어지는 빗방울.

"비구름 잔뜩 몰려오겠네."

제이는 하늘을 보더니 태연하게 내뱉었다. 떨어지는 빗방울과

우릴 향해 다가오는 비구름을 확인한 후 자리에 펼친 음식을 주섬주섬 정리했다. 던져놓은 낚싯대며 장비들을 추스르니 빗방울이 더 굵어졌다. 그 순간에도 괜찮다며 침착함을 유지하려 했건만 그것도 잠시, 어느새 나도 모르게 비명을 지르고 있는 것 아닌가. 한 방울씩 떨어지던 빗방울이 5분도 채 지나지 않아 장대비로 변한 것이다. 대충 챙긴 짐 꾸러미를 나눠 들고 서둘러 주차장으로 발걸음을 옮겼다. 빗줄기는 점점 더 거세졌다. 그 와중에도 유유히 낚시를 즐기는 이들이 신기할 따름이었다.

"아, 대체 이게 무슨 일이야!"

비를 조금이라도 덜 맞겠다고 호들갑 떨며 뛰다 걷다를 반복했다. 딛는 걸음걸음마다 물웅덩이였다. 멈출 줄 모르고 쏟아지는 빗줄기에 결국 마음을 비웠다. '에이 비 좀 맞고 옷 좀 버리면 어때?' 라고 체념해버린 것. 비 맞은 생쥐 꼴이 되어 속옷까지 빗물로 흥건했지만 그런 서로의 모습을 보며 입가에 미소가 걸렸다. 낄낄거리다 제이 부부에게 물었다.

"이렇게 비 흠뻑 맞아본 적 있어?"

"살면서 처음 있는 일이야!"

빗물을 머금어 묵직하게 들리는 대답이었다. 주차장까지 500미터 정도 되는 길이 어찌나 멀게 느껴졌는지 모른다. 주차된 차에 돌아올 때까지 비는 계속 우릴 마중했다. 차에 있는 수건과 휴지로 몸을 대충 닦고 떠날 채비를 했다. 혹여나 비를 맞아 감기에 걸리진 않을까 염려하며 제이는 금세 차 안을 온기로 채웠다. 숙소로 돌아와 보니 얼마나 열정적으로 뛰었는지 샌들 한쪽 버클이 완전히 떨어져나갔고 잔뜩 물을 먹은 밑창은 무거워서 다시 신을 수가 없었다. 따뜻한 물로 씻고 나니 몸도 마음도 한층 가벼워졌다. 언제 비를 맞았느냐는 듯 새 단장 후 제이 부부와 함께 찾은 쌀국수집. 뜨끈한 육수 한 숟가락에 온몸이 사르르 녹는 듯했다. 영화 속 비 내리는 장면처럼 로맨틱하진 않았지만, 그렇게 지인 부부와 잊지 못할 추억 하나를 더 공유하게 되었다.

그날 이후로 비 내리는 날을 마음 편히 즐기곤 한다. 비 오는 날이면 어김없이 즐겨 듣는 플레이 리스트가 존재하듯 여행도 마찬가지다. 미술관이나 박물관에 가보는 것도, 서점이나 도서관 구경에 나서는 것도, 한가로이 카페에 앉아 비 오는 날의 운치를 즐기는 것도. 비가 내리면 그 속도에 내 여행 템포를 맞추면 그만이다. 무지개 터널을 통과하며 누릴 수 있는 행복은 거저 주어지는 게 아니다. 아름다운 무지개를 직접 만나고 싶은가? 그렇다면 먼저 비부터 만나야 한다.

샌들 버클이 떨어졌는지도 모르고 빗속을 뛰던 그날, 처음 소개받은 부부가 있었다. 마트에서 그들을 우연히 다시 만나 반가운 마음에 먼저 말을 건넸다. '안녕하세요'라는 인사 대신 "며칠 전에 알라모아나에서 비 맞고 같이 뛰었던"이라는 말이 불쑥 나왔다. 상대방도 당연히 기억난다는 듯 웃음으로 반겼다.

주룩주룩 내리는 비를 온몸으로 맞던 추억이 떠오르면 자연스레 머릿속에 재생되는 비지엠이 하나 있다. 하와이안 가수 이즈라엘 카마카위올레가 우쿠렐레를 연주하며 부르던 '오버 더 레인보우'. 오늘은 비가 내리지 않았지만 청량감 넘치는 하와이의 빗줄기가 자꾸만 생각나 나도 모르게 흥얼거린다.

"썸웨얼 오버 더 레인보우."

화산국립공원, 빅 아일랜드

하와이의 밤은 당신의 낮보다 찬란하다

별의 별 헤는 밤

빅 아일랜드 여행을 준비하다가 1년 365일 중 별 관측이 330일이나 가능한 곳이 있다는 사실을 알게 되었다. 무려 330일이라니! 대체 얼마나 깨끗한 곳이기에 그토록 별을 볼 수 있는 날이 많다는 걸까 궁금했다. 게다가 부연처럼 달린 한 문장이 호기심을 더욱 키웠다. 이곳은 '하와이에서 유일하게 눈을 볼 수 있는 곳'이란다. 눈과 별을 동시에! 높고 깨끗한 마우나케아 높이는 세계 제일이라고 했다. 에베레스트가 가장 높은 산이라고 알고 있던 나의 상식이 깨지던 순간. 해수면이 아니라 베이스부터 산꼭대기까지의 높이를 비교한다면 마우나케아가 단연 일등이라고. 해저 6,000미터 지점의 베이스부터 해발 4,205미터의 정상까지 무려 1만 미터가 넘는 산이었다.

그리하여 다음 하와이 여행의 목적이 정해졌다. 세상에서 가장 높은 산에서 별 사냥을 하는 것. 별을 좇아 날아간 생애 두 번째 하와이행은 '진짜 하와이'라 불리는 빅 아일랜드로. 힐로 공항을 빠져나와 숙소로 향했다. 나지막한 호텔 네다섯 개가 옹기종기 모여 있는 것이 전부인 힐로는 정겨운 시골 마을이었다. 힐로 하와이안 호텔에 짐을 풀고서 근처 마트를 돌아보며 힐로 적응을 마쳤다. 이튿날 한국에서부터 애지중지 모셔온 한겨울용 구스 다운과 컵라면, 상비약을 챙겨 호텔을 나섰다. 새들 로드에 진입하기도 전부터 쏟아지는 빗줄기에 잠시 고민했다. 그러나 핸들을 멈추더라도 마음까지는 멈출 수 없었다.

"비, 이까짓 거 뭐 어때?"

짐짓 씩씩한 척 구는 내 마음을 야속한 빗줄기가 힘차게 때렸다. 가로등 하나 없는 길을 달릴수록 긴장감이 커졌다. 흐릿한 시야 사이를 밝히는 차량 전조등만이 유일한 위안이었다. 사실 운전은 남편 몫이었다. 남편은 국내 곳곳을 돌아다녀야 하는 직업 특성상 1년에 평균 6만 킬로미터를 주행하는 드라이버였다. 그런 남편도 운전대를 꼭 붙들고서 몸을 잔뜩 움츠리고 있었다. 처음 겪어보는 날씨와 환경에 꽤 당황한 눈치였다.

여행을 준비하며 본 마우나케아 사진은 분유 광고에 딱 어울릴 법했다. 드넓게 펼쳐진 초원과 여유롭게 풀을 뜯는 소 떼. 하지만 직접 만난 마우나케아는 영 딴판이었다. 눈앞에 보이는 거라곤 먹구름뿐. 지나는 데 20분이 채 걸리지 않았지만 마치 몇 시간을 달려 통과

한 듯 지난하게 느껴지던 구간을 벗어났다. 거짓말처럼 구름이 걷히더니 모니터를 통해 본 풍경이 그대로 드러나기 시작했다. 도로 양옆으로 앙증맞게 솟은 분화구를 비롯한 화산의 흔적, 그 위를 뒤덮은 생명의 신비에 놀라움을 금치 못했다. 빗길을 달리며 불안했던 마음은 금세 묘한 흥분감에 휩싸였다.

마우나케아 중심부를 향해 달릴수록 하늘은 맑고 깨끗해졌다. 비행기를 탄 것도 아닌데 구름이 눈 아래 펼쳐지기 시작했다. 먹구름을 통과해야 했던 이전 길과 달리 영롱하고 한없이 보드레한 느낌이었다. 몇 분 만에 다른 세상에 들어온 듯했다. 본격적으로 마우나케아가 시작되는 지점인 마우나케아 엑세스 로드에 들어섰다. 뭉게구름이 우리 차를 에스코트하며 정상으로 이끌었다. 비지터 센터 안내 이정표를 지나니 기온이 차츰 떨어졌고 스마트폰 신호는 갈팡질팡했다.

비지터 센터에서 반드시 30분가량 휴식을 취하라고 권했던 몇몇 후기가 떠올랐다. 높은 고도를 대비해 컨디션 조절이 필요했다. 체력 안배도 중요하지만 금강산도 식후경이라 하지 않았던가! 다행히 비지터 센터에는 따뜻한 물, 전자레인지가 갖춰져 있었다. 챙겨간 컵라면에 물을 받아두고 면발이 익기를 기다렸다. 휘휘 저으면 좀 나아질까 싶었지만 좀처럼 처음 상태를 벗어나지 못했다. 우리 부부는 덜 익어 반은 딱딱한 라면을 우적우적 씹어 먹었다. 고형의 덩어리가 많이 든 컵라면보다 건더기 약간과 스프만 있는 컵라면

이 좋겠구나 싶었다. 뜨끈한 국물을 먹을 수 있다는 것만으로도 큰 위안이었다. 고산병이 염려되어 약도 하나 챙겼다. 아니나 다를까, 비지터 센터에 머무는 시간이 길어질수록 머리가 멍했다.

투어 회사 차량을 뒤따르면 수월하게 오를 수 있을 거라는 남편의 말에 따라 우리는 비지터 센터에서 정상으로 출발하는 마지막 투어 차량의 꽁무니를 쫓았다. 거북이걸음보다 더 느릿느릿 움직이는 앞 차가 몹시 답답했으나 남편이 운전하는 우리 차 역시 사정은 비슷했다. 계속되는 오르막과 절벽, 그리고 자갈길 탓에 보조석 옆

마우나케아, 빅 아일랜드

손잡이를 놓을 수가 없었다. 경이로운 대자연을 코앞에 두고도 즐길 수 없었다. 그저 자갈밭과 앞선 차량의 바퀴만 눈에 들어올 뿐. 기온은 뚝뚝 떨어졌다.

별에 이르는 길은 그토록 험난했다. 남편은 땀이 흥건한 손으로 핸들을 꽉 움켜쥐고 있었다. 이러다 남편의 무릎 근육이 터지진 않을까 싶을 만큼 액셀을 밟으며 30여 분 정도 오르니 마우나케아 엑세스 로드 끝에 다다랐다. 비포장도로의 끝 일부 구간은 포장이 되어 있었다. 그 흔해 빠진 포장도로가 얼마나 반가웠는지 모른다.

마우나케아 정상에는 둥근 돔 모양을 한 세계 각국의 천문대가 띄엄띄엄 있었다. 그 사이사이에는 앞서 온 차량과 관광객이 왁자지껄 모여 좋은 자리를 선점하기 바빴다. 기온은 비지터 센터와 20도 넘게 차이 날 정도로 급격하게 떨어졌다. 한국에서부터 챙겨 온 구스 다운이 빛을 발하던 찰나, '굳이 그걸 가져가야 하냐?'며 무언의 핀잔을 준 남편도 제법 구스 다운에 의지하는 눈치였다. 문득 사진에 잘 담아야 하는 건 이곳에 선 내가 아니라 눈앞에 펼쳐진 자연이라는 생각이 스쳤다. 그러니 손가락이 굳을 정도로 시린 이곳 추위 앞에서 멋스러운 여행객 패션을 자랑할 가치는 전혀 없는 것이었다. 그저 체온을 따뜻하게 유지하고 이 엄청난 광경을 눈과 사진에 듬뿍 담는 것이 중요할 뿐.

정상에 도착한 지 얼마 되지 않아 구름이 붉은 파도처럼 일렁이기 시작했다. 그 위로 검붉은 어둠이 내려앉았다. 검고 붉고 흰 삼단 물결이 눈앞에서 일렁였다. 동시에 남편도 고산병 증상으로 울렁거리고 있었다. 함께 약을 먹은 나는 다행히 괜찮았는데, 남편은 머리가 깨질 듯 아프고 숨이 가쁘다며 유독 힘들어했다. 별을 가까이서 보려면 걸음을 재촉해야 했기에 마음이 급해졌다.

"오빠, 참을 수 있는 데까진 참아보자. 여기까지 힘들게 올라왔는데 별은 보고 내려가야지."

별을 보기 위해, 오직 별 때문에 여기까지 왔는데 쉽사리 포기할 수 없었다. 어떻게든 남편을 다독여야 했다.

"약 먹었으니까 괜찮아질 거야. 그래도 정 못 버티겠으면 그때 가자."

남편의 증세가 나아지길 바라는 마음은 굴뚝같았지만, 내심 '진짜 별을 못 보고 가면 어쩌나' 싶은 노파심에 불안했다. 남편에겐 조금 미안해도 어쩔 수 없는 진심이었다. 미간에 힘을 잔뜩 준 남편 얼굴과 차창 밖 정면을 번갈아 바라보았다. 자연의 신비와 인간의 고통이 동시에 느껴지는 오묘한 순간이었다.

얼마 지나지 않아 사위가 암흑으로 변했다. 숨어 있던 별이 하나둘 하늘에 박히기 시작하더니 순식간에 온 하늘을 가득 메웠다.

"별이 쏟아진다는 말이 이걸 가리키는 거였어."

감탄이 절정에 채 이르기 전, 남편의 고통이 먼저 정점에 다다랐다. 아쉬웠으나 고집을 부릴 수 있는 상태가 아니어서 부랴부랴 하행에 나섰다. 내려오는 길에는 엔진 브레이크를 걸고 조심히 내려와야 했다. 굽이굽이 길을 밝히는 건 차량의 브레이크 등뿐이었다. 등을 밝힌 차량이 한 대, 두 대, 수십 대가 연결되니 이 또한 진풍경이 되었다.

별을 가득 품은 하늘이 내내 우리 꽁무니를 따랐다. 정상과 멀어지는 데도 밤하늘에 별이 더 많아지고 별빛은 점점 또렷해지는 것처럼 보였다. 하늘과 나 사이를 가로막은 유리창이 답답하게 느껴졌다. 비포장 흙길의 먼지가 들어오든 말든 창문을 내렸다. 선루프가 있는 차량을 빌리지 않은 걸 잠깐 후회했다. 고산병에도 불구하고 운전까지 해야 하는 남편에게 미안했지만 나는 별천지 즐기기에 넋을 놓고 말았다. 단 한순간도 놓칠 수 없었다. 지나치게 깨끗한 하늘과 공기를 고스란히 한국까지 가져가고 싶었다. 마음까지 정화되는 듯한 시간이 지나고 다시 비지터 센터에 도착했다. 비지터 센터에 마련된 망원경 앞으로 수많은 사람이 줄지어 서 있었다. 모두 별을 조금이라도 더 가까이 보려고 안간힘을 쓰는 듯했다.

고도가 낮은 곳으로 돌아오니 남편의 컨디션이 조금씩 회복되었다. 열어둔 창문 사이로 들어오는 바람결이 찼다. 서늘한 기운이 마음을 에워싸고 놓아주질 않았다. 나는 무엇이 그토록 아쉬웠던 걸까. 쉽게 차창을 올릴 수 없었다. 마치 첫사랑이라도 마주한 것처럼 아련한 기분이 되었다. 조금 더 둘러보고 천천히 호텔로 돌아가면 좋으련만, 남편은 그런 나와 마우나케아를 시샘하는 사람처럼 서둘러 돌아갈 채비를 마쳤다. 올라오던 길과 마찬가지로 빗방울이 뚝뚝 떨어지기 시작했다. 별은 하나둘 자취를 감추었다. 마우나케아가 마법이라도 부리는 것 같았다.

2015년 5월 3일, 그날 밤하늘의 모습을 나는 아직도 생생히 기억한다. 이후 해마다 마우나케아를 찾았는데 매번 첫 번째 방문과는 다른 느낌을 받았다. 어떤 풍경이 그곳에서 나를 기다리고 있는지 빤히 알면서도 여전히 설렌다는 점은 비슷했지만, 마우나케아를 처음 만났던 그날의 감상을 다시 찾을 수 없었다. 나는 감히 마우나케아의 밤은 화려한 하와이 도심의 낮보다 훨씬 아름답다고 말하고 싶다. 한낮 태양보다 더 눈부시게 반짝이는 별들이 밤길을 빽빽하게 수놓는 까닭이다.

마우나케아, 빅 아일랜드

지구는 숨 쉰다

칼라파나

제주도 일곱 배가 넘는 면적을 가진 빅 아일랜드는 매년 조금씩 더 커지고 있다. 태초에 화산으로 만들어진 이 섬은 여전히 화산 활동이 활발하게 일어나고 있다. 그렇다고 인간이 범접할 수 없을 만큼 위험하기만 한 곳은 아니다. 전 세계 수많은 사람들이 이곳 화산을 보기 위해 한 해에도 수만 명씩 찾고 있다. 사람의 발걸음조차 허락되지 않을 정도가 되면 당국에서 먼저 조치를 취하므로 걱정은 붙들어 매도 좋다. 화산 활동에 대해 과한 걱정이나 쓸데없는 모험심을 접어둔다면 안전하게 여행할 수 있다.

처음 일주일 여정으로 빅 아일랜드를 찾았을 때 웬만한 곳은 다 볼 수 있을 줄 알았다. 일정 후반에는 화산국립공원 내에 마련된 빅 아일랜드 모형을 보며 우리 부부는 꽤 만족했다. 모형에서 우리가 여행한 곳을 하나하나 짚어보고 첫 여행치고는 훌륭하다며 자평

했다. 무리한 여행은 하지 말자고 다짐했지만 막상 와 보니 보고 싶고 가고 싶은 곳 천지라 빽빽한 일정을 소화했다. 그래도 이 정도면 무난하지 않았나 생각했는데 여행을 마친 후 남편은 뜻밖에 고백을 했다.

"사실 나, 운전량이 너무 많았어."

가고 싶었던 곳도 포기했는데 무리였다니 놀라웠고 미안했다. 내가 가기를 포기한 곳은 바로 칼라파나였다. 칼라파나를 우리가 흔히 쓰는 표현으로 소개하자면 '특별재난지역'이다. 1983년 분화 때는 220여 가구가 사라졌고 많은 주민들은 삶의 터전을 잃었다. 2012년에도 용암으로 1,500여 가구가 사라졌다.

처음에는 단순한 호기심이 발동했다. 용암으로 뒤덮인 곳, 폐허가 된 마을이라니 어떤 모습일까 궁금했다. 하지만 첫 방문 때는 접근이 힘들어 터덜터덜 돌아와야 했다. 이듬해 다시 빅 아일랜드를 찾았을 때 가장 먼저 칼라파나로 달려갔다. 마침 그해 5월 화산이 터져 상당량의 라바가 흘러내렸다는 기사를 접했다. 진귀한 풍경을 볼 수 있을 거라는 기대감에 부풀었다. 칼라파나로 출발하기 전 호텔 앞 마켓에서 물과 간식거리를 샀다. 주인장이 어디 가는 길이냐고 물었다.

"칼라파나요. 작년에 못 봐서 너무 아쉬웠거든요."

그러자 그는 기다렸다는 듯 말했다.

"안 그래도 요즘 라바 때문에 칼라파나 찾는 사람들이 많더라고요.”

다음에 또 들를 때까지 건강하게 지내라는 안부를 나누고서 칼라파나로 향했다.

힐로에서 한 시간 남짓 달리다 보면 고속도로의 끝이 보인다. 매끈하게 포장한 도로 끝에 이르면 비포장도로가 나오는데 그 어디쯤에 '칼라파나'라는 이정표가 무심하게 서 있다. 그 이정표가 얼마나 반갑던지. 드디어 왔구나 외치며 자동차가 들어갈 수 있는 최후의 길까지 더 들어가보았다. 몇 분이 채 지나지 않아 갓길에 주차된 차가 빼곡한 마을 입구가 나왔다. 빈 곳에 겨우 주차하고 마을로 들어갔다. 렌털숍이라고 쓰인 천막 몇 개에 다양한 자전거가 즐비했다. 자전거를 타고 마을을 둘러볼 수 있나 보다 싶어 자전거에 시선을 주었더니 렌털숍 직원들이 호객 행위를 시작했다. 나는 금세 그들의 손아귀 위에 놓였고 시간당 5달러에 자전거 두 대를 빌렸다.

자전거는 곧 폐차해야 될 듯 형편없는 상태였다. 그렇지만 엄마를 모시고 있던 터라 걸어가는 것보단 낡은 자전거라도 타고 가는 게 낫겠지 싶었다. 우리는 용암으로 뒤덮인 마을을 가로지르는 자갈길을 달렸다. 도로를 말끔하게 정비하더라도 다시금 용암이 뒤덮을지 몰라서였을까? 자갈길은 위화감 없이 자연 그대로의 모습이었다. 굵직한 자갈 때문에 울퉁불퉁했고 바퀴가 굴러갈 때마다 먼지가 폴폴 날렸다. 그 길 위에서 열심히 페달을 밟았다. 경사진 구간에서는 허벅지에 힘을 꾸욱 줬다. 내리막길이 나오면 양발을 페달에서

떼고 환호성을 질렀다. 오른쪽으로 고개를 돌리면 용암이 흐른 형태대로 굴곡진 마을 지형이 보였다. 왼쪽으로 고개를 돌리면 흘러내린 용암 끝에 펼쳐진 바다가 있었다. 그리고 그 위에 선 집들이 하나둘 눈에 들어왔다. 이미 완성된 집이 몇 채 있었고 집을 짓고 있는 곳도 있었다. 죽은 땅에서 다시 삶의 희망을 펼치려는 사람들이 보였다. 마을을 이미 돌아보고 나오는 여행객들은 굿 럭 하며 응원을 보냈다.

한참을 달렸을 때 멀리서 흰 연기가 모락모락 올라오는 게 보였다. 마치 거대한 구름처럼 엄청난 양이었다. 달리다 보면 연기가 손에 잡힐 것 같아 쉬다 달리다를 몇 번이나 반복했다. 제법 달려왔겠다 싶어 시각을 체크하니 벌써 두 시간 가까이 달렸다. 내가 이곳에 왜 왔을까 곰곰 떠올렸다. 그저 이 작은 마을이 보고파서 온 것뿐. 그렇다면 애초 목적을 이룬 셈인데 왜 그칠 줄 모르고 페달을 밟았을까. 주위는 온통 고요했다. 간간히 상공 위를 나는 헬리콥터 소리가 적막을 깰 뿐이었다. 울룩불룩 춤을 추는 듯한 대지에서 다양한 흐름이 느껴졌다. 어떤 곳은 일정한 간격대로 촘촘하게 굳어진 듯했고, 어떤 곳은 누군가의 곱슬거리는 머리카락 같았다. 거북 등껍질 같은 곳도 있었다. 굳어진 용암 위를 다시 뜨거운 마그마가 덮고 굳으면서 단단하게 내공이 쌓인 듯했다.

피어오르던 연기의 근원지에 도착했다. 저절로 미간이 찌푸려지는 고약한 냄새가 물씬 풍겼다. 무언가에 홀린 듯 자전거를 아무

칼라파나, 빅 아일랜드

렇게나 던져두고 해안 쪽 용암 지대로 걸었다. 단단하게 굳은 곳이었지만 혹시나 싱크홀처럼 푹 꺼지진 않을까 염려되었다. 그럼에도 발걸음은 멈추지 않았다. 성큼성큼 걸어 들어가니 먼저 온 여행객 둘이서 사진을 찍느라 정신이 없었다. 그들 뒤쪽으로 바리케이드가 설치되어 있었다. 우리를 이곳까지 이끌어준 흰 연기는 가까이서 보자 실로 거대했다. 흘러내린 라바와 바닷물이 만나면서 발생하는 연기가 하늘을 하얗게 뒤덮고 있던 것이다.

난생 처음 보는 라바 폭포도 장관이었다. 주위가 워낙 조용해서 바다로 떨어지는 라바 소리가 압권이었다. 겨울날 마른 장작이 타는 것마냥 타닥타닥 튀는 소리였는데 가볍지 않고 깊이 있는 울림이 전해졌다. 라바가 파도와 부딪히며 탁 하고 무엇인가 튕겨 나왔다. 라바가 차가운 바닷물에 닿으며 곧바로 굳어 작은 돌덩이가 튀는 것이었다. 과학 교과서에서나 보던 신기한 자연 나라가 눈앞에 펼쳐졌다니! 화수분처럼 쉬지 않고 흘러내리는 붉은 폭포는 경이감마저 느끼게 했다. 앞으로 사는 동안 이런 풍경을 볼 날이 또 올까. 종종 쓰던 말문이 막힌다는 표현은 이런 경우를 일컫는 말 아닐까.

어디에서도 볼 수 없을 진귀한 풍경을 보며 킬리우에아 화산에 살고 있다는 불의 여신이자 화산의 여신인 펠레가 떠올랐다. 그리고 다소 복잡한 심정이 되었다. 화산 폭발로 불모지가 되어버린 땅에 다시금 생명의 씨앗을 뿌리고 있는 칼라파나 사람들. 창조와 파괴는 언제나 동시에 일어나나 보다. 감탄사를 연발하며 다물지 못하던 입이 어느 순간 꾹 닫히고 조금 숙연해졌다. 그러는 사이 많은 사람들이 모였다. 대부분 이 놀라운 장관을 사진에 담고자 혈안이었다.

칼라파나라는 작은 마을이 끊임없이 나를 불렀고, 그 이끌림 끝에 새로운 세상이 있었다. 자전거 렌털숍이 있던 카이무에서 칼라파나를 지나 라바를 관찰할 수 있는 지점까지 편도 7킬로미터. 아스팔트 도로보다 두 배 이상 힘든 비포장도로 주행. 커브나 경사가 심하진 않지만 울퉁불퉁 자갈길을 무사히 통과하기란 어려운 법이다. 자전거를 타다, 걷다를 반복하며 생애 처음 만난 이곳은 '지구는 살아 있다'는 어느 과학자의 말을 찰떡같이 믿게 해주었다.

돌아오는 길. 불어오는 바람을 헤치고 오느라 머리에 쓴 모자가 제멋대로 춤췄다. 모자챙이 시야를 가려 몸까지 비틀비틀 흔들렸다. 그 뒤로 석양은 뉘엿뉘엿 넘어갈 채비를 했다. 자연이 만든 가장 아름다운 빛깔들이 서로 얽키고설켜 심장 속을 비집고 들어왔다. 그날, 자전거 타는 법을 모르던 엄마는 사위 뒤에 앉아 힘든 여정을 버텼다. 하지만 아직도 그 신비로운 경관을 그리워한다. 모녀가 함께 몇 번이고 곱씹어도 지루하지 않은 추억을 공유한다는 건 축복이 아닐까. 우리에게 가장 귀한 축복을 내려준 위대한 자연에 다시 한 번 감사를 전한다.

울퉁불퉁 자갈길의 비포장도로

여행에도 한정판이 있다 (1)

라바를 찾아서

"사람이 죽었다니까!"

"왜요? 사람이 왜 죽어?"

라바 투어 중 가이드가 사고를 당했다. 관광객이 아니라 가이드가 사고를 당했으니 그나마 다행 아니냐는 사람들 이야기에 마음 한쪽이 허했다. 풀 한 포기 작은 곤충 한 마리라도 세상에 귀하지 않은 목숨이 어디 있을까. 얼굴도 모르는 이의 죽음에 한동안 애통한 마음을 숨길 수 없었다. 라바에 관해서라면 누구보다 해박한 지식을 가지고 있었을 라바 전문 가이드가 라바에서 목숨을 잃었다니. 가이드의 참으로 아이러니한 죽음은 인터넷 지역 신문을 통해 어렵지 않게 확인할 수 있었다. 라바를 다시 보겠다고 결심한 내게 그리 반가운 소식은 아니었다.

사건인즉, 일몰 때 라바를 찾아 나선 가이드와 고객이 투어 중

비구름을 만났단다. 라바가 흐르며 발생하는 가스와 빗물이 만나 엄청난 수증기가 발생했고 일행은 그곳에 갇히게 되었다고. 망치로 머리를 퍽 하고 한 대 맞은 기분이었다. 가이드의 이름은 숀 킹. 그는 고객 세 명의 안전을 먼저 확보한 후 연기 속으로 홀연히 자취를 감췄다고 했다. 가이드의 직업 정신에 숙연해졌다. 라바 하이킹과 사진 촬영에 오랜 세월을 바친 그의 소셜 네트워크 서비스에는 추모의 물결이 끊이지 않았다. 위대한 자연 앞에서 늘 경이를 표하던 한 인간이 돌연 그 자연 앞에서 사라져갔다. 그리고 그의 죽음은 라바 하이킹에 대한 경고로 이어졌다.

사건 이후 어떤 이는 조심스레 라바 투어가 금지되지 않은 것에 감사해야 하지 않겠느냐고 말했다. 또 누군가는 '그래도 산 사람은 살아야 한다'는 말로 남겨진 자들을 위로하려고도 했다. 그들은 아무 일 없다는 듯 생계를 이어갔고 칼라파나 앞 렌털숍은 온갖 서비스로 투어에 나선 관광객을 유혹했다.

예전에는 라바 하이킹을 하려면 라바의 양이나 라바가 흐르는 방향을 우선 따져보곤 했다. 그러나 이제는 비, 바람, 연기가 새로운 변수로 떠올랐다. 칼라파나가 위치한 화산 지역의 기상 예보를 확인하니 일주일 내내 비, 비, 비. 코나에 숙소를 잡았던 터라 운전만 세 시간가량 해야 하는 상황. 차일피일 미루고 미루다 새벽녘 길을 나섰다. '갔는데 비가 오면 드라이브했단 셈 치지 뭐.' 하고 생각하면서. 차창 밖 익숙한 풍경을 보며 숙소로부터 얼마나 왔고, 또 목적지

칼라파나, 빅 아일랜드

까지 얼마나 더 가야 하는지 짐작했다. 차량 와이퍼는 째깍째깍 시계추마냥 왔다 갔다를 반복했다. 비가 오락가락하는 날씨에 따라 내 기분도 롤러코스터를 타는 듯했다. 꼬박 세 시간을 달려 마주한 칼라파나는 무슨 일이 있었느냐는 듯 태연했다.

2016년 여름. 지구는 여전히 진화 중이라는 사실을 내 눈으로 직접 확인했다. 폭주 기관차처럼 바다를 향해 철철 흘러내리던 라바는 보고도 믿지 못할 만큼 생경스러웠다. 그야말로 새빨간 폭포였다. 당시 나는 남편, 그리고 엄마와 함께였다. 엄마는 자전거를 타지 못해 사위 뒤에 몸을 실었다. 그렇게 자전거를 타고 이동하다, 내려 걷다를 반복하며 라바와 대면했다. 환갑을 막 넘긴 엄마는 라바 폭포를 두고 살면서 본 것 중 가장 놀랍고 신기한 광경이라고 평했다. 나와 남편 역시 입을 다물지 못했다. 한낱 실 가닥 같은 바리케이드 앞에 앉아 200미터 너머에 있는, 그 속수무책인 자연에 넋을 놓았다. 지구의 속살은 이렇게나 뜨겁고 이렇게나 힘이 세구나! 신의 영역일 법한 대자연 앞에서 할 수 있는 거라곤 그저 감탄하는 일뿐이었다.

시간이 흘러 바야흐로 2018년 봄. 상황은 과거와 달랐다. '그땐 라바를 너무 쉽게 만났어'라고 생각될 정도로 라바의 흔적을 찾기가 어려웠다. 라바로 인해 세상을 뜬 이들을 위한 대자연의 애도가 아닐까 싶다가도 이내 아쉬움에 사로잡혔다. 라바 하이킹을 떠나는 이를 위해 줄지어 선 자전거 중 기어와 안장이 탄탄해 보이는 것을 한 대 골랐다. 10분이라도 시간을 단축하겠다며 자전거 렌털은 물론이고 셔틀 서비스도 신청해뒀다. 사실 고백하건대, 조금이라도 편하게 하이킹을 하고 싶었다. 몇 년 사이 이곳은 라바의 성지라는 입소문이 나면서 찾는 이가 현저히 늘었다. 덕분에 자전거 상태도 관광 서비스도 한결 개선되어 있었다.

파호아 마을을 지나 칼라파나로 이어지는 130번 도로 끝은 라바로 뒤덮였다. 평탄한 아스팔트 도로를 라바가 삼켜버렸고 옹기종기 모인 집 기둥은 시뻘건 불기둥에 녹아내렸다. 1990년 킬라우에아 화산에서 흘러내린 라바가 칼라파나를 송두리째 앗아간 것이다. 주민들은 한순간 터전을 잃었다. 하지만 끝은 또 다른 시작이라고 했던가. 죽음의 땅이 되어버린 줄 알았던 칼라파나에 소소한 활력이 일고 있었다. 이곳에서 누군가는 새 삶을 꾸려나가고 있는 까닭이었다.

자전거를 실은 셔틀은 살아남은 이들의 터전을 마주하며 두 개의 화산국립공원 게이트를 통과했다. 셔틀로 10여 분 달려 2게이트, 여기서 다시 자전거로 10여 분을 달려 3게이트에 다다랐다. 과거였다면 3게이트에서 페달이 멈췄겠지만 그대로 씽씽 달렸다. 걸어서 두 시간쯤 걸리는 자갈길을 자전거로 달려오니 수월했다. 그렇게 도착한 막다른 길 끝에는 마치 비밀의 문 같은 바리케이드가 하나 있었다.

수고한 자전거를 한쪽에 고이 세워두었다. 일주일 전 이곳을 먼저 찾은 지인의 조언을 따라 11시와 12시 방향 사이로 발걸음을 재촉했다. '이쪽은 라바가 흘러내린 지 얼마 안 되었을 텐데 단단히 굳지 않아서 위험한 거 아냐?'라는 생각이 머릿속을 맴돌았다. 또한 라바가 흐르면 희뿌연 가스가 구름처럼 하늘을 메우는데 그조차 보이지 않았다. 의아한 마음을 다독여준 건 다름 아닌 헬기 소리였다. 투어에 나선 헬기 몇 대가 상공 위를 뱅글뱅글 돌았다. 쉼 없이 돌아가는 모터 소리가 활기찼다. '헬기가 떴다는 건 분명 라바가 있단 뜻이지'라는 믿음으로 용암 덩어리 위를 30분 더 걸었다. 바스락, 싸악.

운동화 밑으로 불안한 기운이 덮쳤다. 주위를 둘러보니 나는 이미 바리케이드 안에 갇혀 있었다.

"아, 맙소사! 큰일날 뻔했네."

종종걸음으로 허겁지겁 돌아 나왔다. 세워둔 자전거 옆에 털썩 주저앉아 물로 목을 축였다. '지금 무슨 짓을 한 거지? 2년 전에 라바를 본 건 진짜 엄청난 행운이었어. 그래, 그때 본 게 어디야! 역시 여행은 타이밍이 중요해'라고 중얼거렸다. 혼잣말은 멈추지 않았다. '이렇게 포기해야 하나? 이번 여행에 라바 운은 따르지 않나 봐'라며 아쉬움을 홀로 달랬다.

포기하긴 일렀을까. 눈앞에 여행객 네 명이 나타났다. 필라델피아에서 온 60대 부부와 파호아 마을에 산다는 20대 형제였다. 그들은 불의 여신 펠레가 보내준 구세주 같았다. 특히 형제는 정기적으로 라바를 찾는 현지인이었다. 물 마시며 쉬는 척하는 중에도 눈은 그들의 동선을 주시했다. 쫑긋 세운 귀는 이미 그들에게 레이더망을 가동한 상태였다.

여행에도 한정판이 있다 (2)

결국 모든 것은 타이밍

"나는 라바를 못 찾았어. 너희 일행을 따라가면 안 될까?"

내 말이 끝나기가 무섭게 현지인 형제는 렛츠 고를 외쳤다. 뒤처지면 민폐를 끼치는 게 될까 봐 재빨리 그들을 쫓았다. 울퉁불퉁, 구불구불한 용암 흔적을 따라 걷는 건 생각보다 어려웠다. 내딛는 걸음마다 집중하지 않으면 발목을 다치기 십상이었기에 좀처럼 속도를 낼 수가 없었다.

머리 위 하얀 구름, 저 멀리 푸른 바다, 그리고 눈앞에 펼쳐진 검은빛 용암의 땅. 까만 대지 위에 간간이 솟은 초록색 식물들이 유난히 또렷하게 보였다. 그늘 하나 없는 그야말로 땡볕 아래 용암 대지는 쉴 새 없이 열기를 내뿜었다. 바람이 대지에 스칠 때마다 휙휙하고 청아한 소리가 들렸다. 그러면 이마에 몽글몽글 맺힌 땀방울이 마르고 갈증도 조금 누그러드는 듯했다.

불과 몇 분 전만 해도 절망적이었는데. 갑자기 혼자가 아닌 여럿이 함께 라바를 찾아 나서게 되다니! 발걸음이 다시금 씩씩해졌다. 한 걸음씩 내딛는 대지에는 용암의 시간이 곳곳에 새겨 있었다. 때로는 유유히 흐르다가 뚝 끊긴 듯한 모습이기도 했다. 불의 여신 펠레의 꼬불거리는 머릿결마냥 유연한 흔적도, 맹렬히 흐르는 용암의 자취로 보이지 않을 만큼 수려한 곡선도 보였다. 식은 용암은 그저 새까만 줄로 알고 있었는데 가만 보니 볼 때마다 오묘한 색으로 달리 보이는 것은 물론이거니와 보석처럼 영롱하게 반짝이기도 했다. 우리는 오랜 시간 함께 여행한 것처럼 자연스럽게 풍경에 감탄하고 스스럼없이 이야기를 나누고 서로의 사진을 찍었다. 도움이 필요한 이가 생기면 누구든지 먼저 손을 내밀었고 뒤처진 이를 한마음으로 기다렸다.

라바를 보고 돌아오는 다른 무리를 만나면 몹시 반가웠다. 그들에게 얼마나 더 가야 하는지 정보를 구해가며 한참 동안 걷고 또 걸었다. 그러다 결국 우리 일행 중 부인이 뒤처지기 시작했다. 곧이어 그녀의 남편도 포기를 선언했다. 이토록 거친 여정에 얼마나 힘들었을지 그들의 심정에 충분히 공감할 수 있었다. 결국 현지인 형제와 나, 이렇게 셋이 남았다. 우리는 라바를 기필코 찾겠다는 일념 아래 무작정 걸었다. 쉽사리 모습을 보여주지 않는 라바가 원망스러웠다. 피어오르는 가스라도 보이면 좋으련만 전혀 찾을 수 없었다. 하지만 포기할 수 없었다.

"라바는 대체 어디 있는 거야?"

내 물음에 형제 중 형이 저 멀리 산마루를 가리켰다.

"저기 산등성이 보이지? 바로 저기야."

흐르는 라바를 보려면 결국 산등성이까지 가야 한다는 말에 잠깐 좌절했다. 미간에 힘을 잔뜩 주며 부지런히 눈동자를 굴렸다. 라바 줄기가 시야에 가느다랗게 들어왔다. 폭포처럼 콸콸 쏟아지거나 강물처럼 철철 흐르지 않는 실낱같은 라바였다. 라바가 많이 줄었다더니 진짜네 하는 아쉬움과, 드디어 라바를 보긴 보는구나 싶은 안도감이 교차했다. 오직 라바만을 위해 한 시간쯤 더 걸었을까, 나는 지칠 대로 지쳐버렸다. 걷는 시간보다 쉬는 시간이 더 길어졌고, 라바는 실제로 결코 볼 수 없는 신기루가 아닐까 하는 생각마저 들었다. 나를 이끌던 형제도 지쳐 보였다. 형제 중 형이 물었다.

"너 계속 갈 거야?"

여기까지 와서 이게 무슨 날벼락 같은 소리! 나는 주저 없이 대답했다.

"당연하지. 계속 갈 거야!"

동생은 형과 나 사이에서 어쩔 줄 몰라 했다. 형제끼리 대화를 이어갔다. 혹시 형제마저 포기하면 난 어쩌나 걱정이 앞섰다. 동생은 더 가고 싶은 눈치였다.

"우리 모두 이미 지친 데다가 아직 갈 길이 멀어서 말야."

주저하는 동생의 손에 고작 몇 모금 남은 물병이 들려 있었다.

칼라파나 라바 하이킹(형제와 노신사), 빅 아일랜드

이들이 등에 멘 가방을 보고 나와 같은 곳에서 자전거를 빌렸다는 사실을 알았다. 그곳에서 준 물뿐이라면 동생에게 남은 생수는 더 이상 없을 터였다. 태양이 더 높게 뜨는 오후 두 시 즈음. 한낮의 더위에 물은 더욱 간절할 테지. 냉큼 가방에 있던 물 하나를 꺼내 동생에게 건넸다.

"자, 받아. 난 물 더 있으니까 걱정 마!"

흘러내리는 라바, 빅 아일랜드

그는 망설이는가 싶더니 이내 자신의 물병을 모조리 비우고 내가 건네준 생수까지 시원하게 땄다. 그의 마른 목젖을 타고 내리던 생수가 달콤했던 걸까. 결국 그는 움직였다. 야호! 마지막 힘을 짜낸 우리는 다시 흐르는 라바를 찾아 나섰다.

30분 정도 더 걸었다. 한여름 도심의 아스팔트에서나 느껴질 법한 열기가 온몸으로 느껴졌다. 설마설마하며 정신을 차려 보니 거짓말처럼 라바가 눈앞에 나타났다. 우린 동시에 환호를 질렀고 연신 하이파이브를 했다. 라바에 좀 더 가까이 다가간 우리는 일순간 침묵했다. 순수한 라바가 그 모습을 스스로 드러냈다. 경이롭고 두려운, 낯설고도 놀라운, 신비하면서도 기이한 이 광경 앞에서 우리는 할 말을 완전히 잃었다. 불현듯 숀 킹이 떠올랐다. 그도 그랬을까. 마법 같은 이 순간에 빠져 영영 헤어나지 못했을까.

라바의 열기도, 연기도 견딜 만했다. 넋을 놓고 라바의 움직임을 주시했다. 타닥타닥, 쉭쉭 하는 라바의 숨소리만이 대지를 메웠다. 하늘 위 헬기에서 라바를 보고 있을 관광객들이 전혀 부럽지 않았다. 오히려 그들이 나를 더 부러워했을지도. 라바가 흐르는 방향으로 쪼그려 앉았다. 이미 단단하게 굳은 바위 위를 라바는 미끄럼틀을 타듯 유려하게 흘러내렸다. 붉은 라바가 검은 대지를 녹여 새로운 지형을 만드는 창조적 행위는 세계 어디에서도 볼 수 없는 광경이었다. 온몸에 전율이 흘렀다.

이번 여행에도 행운의 여신은 내 편이었어! 포기하지 않았더니 마침내 엄청난 광경을 만났다는 뿌듯함에 피로가 완전히 가셨다. 평생 동안 곱씹어도 지겹지 않을 이 순간을 함께 만든 형제에게 고마움을 전하고 싶었다.

"라바를 보다니 난 정말 행운아야. 이게 다 너희 덕분이야."

생수 한 병이 큰 역할을 하지 않았을까 싶은 2018년 봄날의 라바 하이킹. 그날 오후 내내 맹렬한 햇살을 받으며 걷느라 팔에 화상을 입고 말았다. 시뻘건 라바를 찾아 헤매는 동안 내 팔 역시 시뻘겋게 달아올랐던 것이다. 라바 때문에 정신이 반쯤 나가 있던 나는 팔이 화상을 입는지도 몰랐다. 돌아오는 길에 피부가 어찌나 따끔거리던지 그제야 정신이 확 들었다. 렌털숍에서 다시 만난 60대 부부는 "정말 봤어? 라바가 진짜 있었어?" 하며 함께 기뻐했다. 나는 스마트폰으로 찍은 영상을 내밀었다.

라바 하이킹에 다녀온 지 2주가 지났을 무렵. 칼라파나 쪽으로 흐르는 라바 양이 줄어 더 이상 하이킹할 수 없다는 기사를 접했다. 아쉬웠지만 라바는 언젠가 다시 유유히 흘러내릴 거라고 확신했다. 빅 아일랜드는 살아 숨 쉬는, 자연 그 자체이니까.

역시 여행은 타이밍이다. 인생도, 라바도 결국 모든 것이 들어맞는 시간대가 있다. 기가 막히게 내게로 왔다가 바람처럼 사라진 2018년 라바 타이밍. 이 한정판 여행 속엔 저스틴과 타일러 형제가 함께였다.

이곳, 신들의 쉼터가 아닐까

힐링과 릴렉스

눈을 제대로 뜨지 못할 만큼 강렬한 태양은 나를 충전시킨다. 이 뜨거운 기운이 나를 감싸 안으면 얼마나 행복한지 모른다. 야자수를 춤추게 하는 바람은 햇볕의 친구인가. 하와이의 바람은 한시도 가만있지 않는다. 낮게 뜬 구름은 손을 쭉 뻗으면 닿을 듯하고 오아후 83번 2차선 도로는 하늘로 데려다주는 양탄자 같다. 목적지 없이 길 따라 하염없이 운전한다. 지피에스가 알려주는 방향 따윈 중요하지 않다. 길을 좀 헤매면 어떤가. 길을 잃어도 어김없이 길은 다시 나타나고 그때마다 만나는 비경에 희열을 느낀다.

하와이의 자연은 신이 내린 축복이다. 어쩌면 이곳은 신마저 잠시 쉬어가는 곳이 아닐까. 신비롭고 아름다운 자연 속에서 현지인들은 소소하지만 특별한 일상을 누린다. 파도가 좋은 날이면 학생들은 등교하기 전 바다에 나가 서핑을 한다. 직장인들도 퇴근 후 자기

망고나무, 오아후

몸보다 큰 서프보드를 들고 모래사장을 걷는다. 하늘이 열리는 여름이 되면 너나없이 천연 암벽 다이빙대에 줄을 선다. 물밑에선 수많은 물고기가 살랑살랑 헤엄친다. 화산 활동이 활발한 섬 곳곳 땅 아래에서는 펠레의 기운이 전해진다. 그리고 땅 위에서는 우리네 은행나무만큼이나 흔한 망고나무가 풍요롭게 서 있다.

요즘은 우리나라에서도 망고를 사계절 내내 즐길 수 있지만 하와이 망고는 맛이 정말 기가 막히다. 망고나무는 2월이면 꽃을 피우는데 열매가 주렁주렁 얼마나 열릴지 잔뜩 기대하게 된다. 4, 5월은 본격적인 망고 수확 철이다. 이곳저곳 여기저기에 선 망고나무마다 열매가 한가득. 볕을 많이 받는 쪽은 이미 햇빛을 닮은 빛깔로 물들기 시작했다. 덜 익은 망고도 하루가 다르게 영글어간다. 망고가 여러 개씩 달린 줄기는 무게가 버거운지 축축 처진다. 결국 바닥으로 하나둘 툭툭 떨어지는 망고. 맨땅에 부딪혀 속살이 터져도 달콤하고 상큼한 과즙은 여전하지만 잘 익은 망고를 온전히 수확하지 못한다는 건 상상만 해도 아깝다.

현지인의 망고 사랑은 매우 각별하다. 주택을 매매할 때 대지 내에 망고나무가 있으면 집값을 더 쳐준단다. 역세권의 신축 아파트 단지, 학군 좋은 주거 지역의 가치를 높이 사는 우리 정서와는 사뭇 다르다. 한국에서는 마트에서 쉽게 볼 순 있어도 여전히 꽤 비싼 과일 축에 속하는 망고. 하와이에선 길을 걷다 발끝에 툭 하고 차이기 십상인 흔하디흔한 과일이다. 언제 어디서나 쉽게 볼 수 있고 또 편하게 나눌 수 있는, 하와이와 참으로 잘 어울리는 과일이 아닐 수 없다. 길거리에 우뚝 선 망고나무는 분명 내 것이 아니지만 보기만 해도 마음까지 배부르다. 이토록 풍성한 기쁨을 선사하는 건 비단 망고뿐만이 아니다.

하와이 여행 중 비상약처럼 챙기는 게 있다면 바로 알로에 젤이다. 한국에서 딱히 사용할 일 없는 제품이라 여행 가방에서 아예 빼지도 않는다. 시중에서 판매하는 브랜드 중 가장 좋다고 소문난 알로에 젤을 사두고 피부가 빨갛게 익을 때마다 자체 치료한다. 하지만 제아무리 뛰어난 제품이라도 자연 치료제 앞에 조용히 무릎을 꿇을 수밖에 없다.

빅 아일랜드 화산 지역을 여행할 땐 긴팔 셔츠를 입고 선크림을 몇 번이나 덧발라도 햇볕의 공격을 막아내기 힘들었다. 흐르는 라바를 찾느라 피부가 뜨거운 용암처럼 익어버렸다는 걸 까맣게 몰랐던 나는 숙소로 돌아와 끙끙 앓았다. 양쪽 팔 모두 새빨갛게 화상을 입었고 어찌나 따가운지 밤잠을 이룰 수 없었다. 새 백 마리가 부리로 쪼아대는 듯한 통증이었다. 분명 내 몸에 붙어 있지만 내 것이 아닌 듯한 팔에 얼음 찜질을 해가며 열기를 빼고, 알로에 젤을 끊임없이 바르고, 결국 화상 연고를 덕지덕지 발랐다.

이삼일 뒤 빅 아일랜드 일정을 마치고 오아후로 향한 나는 항상 묵는 숙소에 짐을 풀었다. 반팔 티셔츠를 입으면 나도 모르게 계속 긁을 것 같고 보기 흉한 화상 흔적을 조금이라도 가려볼까 싶어

알로에, 오아후

칠부 소매 셔츠를 입었다. 하지만 화상을 입었다는 건 슬쩍 보아도 빤한 상태. 나를 물끄러미 바라보던 숙소 사장님이 갑자기 뒤뜰로 따라오란다. 창고 근처에는 크고 작은 알로에가 자라고 있었다. '먹지 마세요. 피부에 양보하세요'라는 어느 화장품 광고 카피를 떠올리며 얇게 저민 알로에를 피부에 문지르고 또 문질렀다. 끈적거리는 촉감이 다소 불편했지만 싸하면서 시원한 느낌은 싫지 않았다.

이튿날 아침부터 나는 알로에 예찬론자가 되었다. 얼음과 찬물을 퍼부어도 차도가 없었는데 붉은 기운이 완전히 진정되었다. 군데군데 화상 흔적은 여전했지만 전날보다 확연하게 나아졌다. 투박해 보이기만 하던 알로에가 이리도 즉각적인 효과를 주다니 놀라지 않을 수 없었다. 사오일 뒤 양팔 모두 제 피부색에 가깝게 회복되었다. 역시 천연 화장품 알로에는 최고였다. 먹지 않고 피부에 양보하길 잘했다.

하와이의 자연은 우리의 일상을 보다 풍요롭고 건강하게 만든다. 이곳의 자연은 언제나 우리 인간 내면에 존재하는 밝고 긍정적인 감정을 최고치로 끌어낸다. 그래서 하와이란 내게 늘 쉼 자체이자 가장 편안한 안식처다.

자연은 또 다른 자연을 만든다

사라진 마을

"정말? 진짜?"

사진 한 장으로 친구 미선과의 스마트폰 대화가 시작되었다. 전철이나 버스에서 쉽게 볼 수 있는 성형외과의 수술 전후 사진처럼 하와이 어느 마을의 과거와 현재를 비교한 사진이었다. 그곳에 다녀온 지 불과 서너 달밖에 되지 않은 터라 믿기 힘들었지만 사실은 사실이었다. 친구는 본인이 1년 전 여행하며 찍어둔 사진까지 내게 보내며 재차 확인했다.

"정말 같은 곳이라고?"

"ㅇㅇ"

달라 보였지만 두 사진은 분명 같은 장소였다. 쉽게 뱉은 대답 같아도 무거운 마음은 감출 길이 없었다.

빅 아일랜드의 화산은 몇 달째 멈출 줄 모르고 폭발했다. 계속해서 새로운 분출구와 길을 만들며 지대를 넓혀가고 있었다. 활화산의 화산 활동은 매우 자연스러운 일이지만 이번엔 규모가 달랐다. 강물처럼 흐르는 라바와 폭죽이 터지는 듯한 용솟음, 그리고 불빛. 분출물 파편은 시도 때도 없이 툭툭 튀어 올랐다. 시뻘건 라바는 모든 것을 순식간에 집어삼켰다. 아스팔트 위를 점령한 채 울렁울렁 굳어 새로운 길을 만들기도 했다. 멀쩡하던 도로에 금이 갔고 벌어진 틈 사이에선 새하얀 가스가 아지랑이처럼 피어올랐다. 사람들이 일군 터전은 잿더미가 되었고 130번 도로는 통행이 차단되었다. 이 사실을 보도하는 기자는 군인들이 화생방 훈련 때에나 착용할 법한 마스크를 낀 채였다. 당국 직원들은 위험을 무릅쓰고 현장 파악에 나섰다. 몇몇 현지인들이 눈앞에서 벌어진 참상을 소셜 네트워크 서비스로 중계했다.

거대한 용암 분출 후 처음 며칠은 대수롭지 않게 여겼다. 원래 활화산이니까. 전혀 몰랐던 사실을 알게 된 것도 아니고 호들갑 피울 일은 아니라고 여겼다. 아니 오히려 '오, 저곳도 꼭 가봐야겠다. 곧 라바 보트가 재개되겠네'라고 생각했다. 점점 언론의 과장 보도에 짜증이 났다. 국내 뉴스 앵커는 하와이에 절대 가면 안 될 것처럼 무서운 멘트를 쏟아냈다. 지방의 작은 여행사는 빅 아일랜드 여행을 일방적으로 취소하기도 했단다.

그러는 사이 꿀렁꿀렁 흐르던 라바는 산 위에서 땅으로, 땅끝에서 바다로 흘러들었다. 새벽 서너 시에 시작되는 라바 보트 투어가 보란 듯이 재개되었다. 예약 시작 불과 몇 분 만에 6개월치가 매진되었다고 했다. 누군가는 라바로 주저앉았고 또 다른 누군간 라바를 향해 일어섰다.

피해 지역은 점점 늘어났다. 몇몇 마을엔 깊이 60미터 용암 웅덩이가 마치 싱크홀처럼 생겨났다. 지대가 낮은 마을로 내려오면서 땅의 균열도 늘었다. 라바로 무너져 타버린 집은 한 달 만에 120여 채로 늘었다. 펠레 신이 머무는 킬라우에아 화산의 분화구 할레마우마우는 줄기차게 벌건 불덩어리를 뿜더니 얼마 지나지 않아 푹 하고 꺼져버렸다. 처음 폭발한 정상부의 분출이 줄어들자 점점 주택가 근처에 잠자코 있던 용암이 기지개를 펴기 시작했다. 곳곳에서 새로운 분출이 일어났고 새 라바 길이 열렸다. 그 길은 파호아 마을로 이어졌다. 용암은 마을을 온통 뒤덮은 뒤 다시 카포호 지역으로 향했다. 불길은 거침없이 카포호 베이까지 덮쳤다. 소셜 네트워크 서비스에 올라온 사진을 보니 누가 흑적색 물감으로 과감히 붓질을 해대는 것 같았다.

빅 아일랜드 동쪽 끝에 있는 카포호 마을은 1960년 킬라우에아 화산 폭발로 이미 한 차례 소실된 적이 있다. 시간이 모든 것을 해결해준다는 말처럼 그간의 세월은 상처를 말끔히 씻어준 듯했다. 주민들은 굳은 용암 위로 다시 터전을 만들었다. 아기자기한 마을을 찾는 발걸음도 꾸준히 늘었다. 여행객을 위해 주민들은 힘을 합쳤다. 마을 어귀에 주차장을 만들고 스노클링 스폿으로 향하는 길목에

WELCOME TO PARADISE
HELP SAVE THE CORAL
HELP 935 3311
LOCK UP & SECURE

카포호, 빅 아일랜드

는 안내 표지판도 하나하나 새겼다. 동네 오솔길이 지루하지 않도록 길가를 기분 좋은 문구로 꾸몄다. 담장의 장식품, 새소리, 사람을 잘 따르는 고양이, 사람이 보이면 냉큼 숨바꼭질하는 게코까지 이곳에서의 시간에 여유를 더해주었다.

그렇게 15분쯤 걸으면 카포호 타이드 풀에 도착한다. 쉽게 말해 조수 웅덩이인데, 밀물 때 높아진 해수면 덕분에 바위 웅덩이에 찼던 바닷물이 썰물 때에도 남은 것이다. 파도의 영향을 직접 받지 않아 특이한 생물이 많고 수심이 낮아 어른이나 아이 모두 스노클링을 즐기기 제격이다. 다른 장소보다 상대적으로 덜 알려져 조용하기도 하고. 그늘이 없는 게 단점이지만 워낙 물이 투명하고 깨끗해 고개만 떨궈도 웅덩이 안 산호와 물고기가 보인다. 빅 아일랜드 스노클링 스폿에서 보기 힘든 물고기들이라 더욱 신기하다.

기억 속에 붙잡아두고 싶은, 외딴 숲속 동화 마을 같은 카포호. 이곳이 흘러내리는 라바에 쓸려갔다는 사실이 쉽사리 믿기지 않았다. 많고 많은 곳 중 왜 하필 또 이곳일까. 처참하게 무너져 내린 모습에서 마을은 그 흔적조차 찾을 수 없었다. 그렇게 한 마을이 송두리째 불길 속으로 사라졌다. 마치 컴퓨터 그래픽스 기술로 말끔히 지워버린 듯한 상황에 어안이 벙벙했다. 용암 웅덩이처럼 내 마음에도 구멍이 생긴 모양이었다. 흐느낄 수조차 없었다.

존재하는 모든 것은 사라진다. 그것이 자연의 법칙임을 잘 안다. 지금 일어나는 일이 어쩌면 자연 스스로가 그려가는 큰 그림일

지도 모른다. 재앙이 아니라 지극히 자연스러운 지구의 호흡일 테다. 그럼에도 불모지가 된 마을 사진을 바라보며 씁쓸함을 감출 수가 없다. 소박하고 사랑스럽던 마을, 하늘의 구름 한 점까지 담아내던 푸른 웅덩이가 몹시도 그립다.

늘 그래 왔듯이 주민들은 다시 일어서 힘을 모을 것이다. 그러다 보면 또 아무 일 없었다는 듯 일상의 평온이 찾아올 테고, 마을 입구에 놓여질 우편함엔 좋은 소식이 날아들지 않을까. 마을 주차장 앞에 있던 3달러 기부 상자가 다시 놓인다면, 그땐 3달러가 아닌 더 큰마음을 나누고 싶다. 그때가 꼭 오길 두 손 모아 기다려본다.

필수 여행 코스가 있다고?

필수의 불필요

하와이를 대표하는 관광 스폿이 있다. 그럴듯한 수식어를 모두 갖춘 이 명소들은 전 세계 여행자를 끊임없이 유혹한다. 태양의 집이라 불리는 마우이의 할레아칼라 국립공원, 활화산인 빅 아일랜드 화산국립공원이 그 대표 격이다. 이 두 곳은 하와이 여행에서 빠져서도 놓쳐서도 안 될 곳이 분명하다.

그래서 몇 번이고 갔다. 서너 번씩 가보는 동안 할레아칼라 일출은 반드시 예약 후 입장할 수 있는 시스템으로 바뀌었다. 화산국립공원의 할레마우마우 분화구는 그 화려한 자태를 땅 밑으로 훅 감췄다. 그런데 여행의 기억을 문자로 모조리 옮겨도 이 두 곳에 대한 내용은 쉽사리 적히지 않았다.

"쓴 글을 다시 보면 필수 관광지에 대한 이야기는 없더라. 나도 분명 기분 좋게 들렀는데 말이야. 글로 쓰고 싶진 않았나 봐!"

할레아칼라 국립공원, 마우이

친구이자 여행 작가인 아미에게 툭 하고 털어놓으니 그녀는 명쾌한 해답을 제시했다.

"그냥 생각나는 것만 써."

일몰 직후에도 할레아칼라는 무서울 만큼 암흑 천지였다. 불빛이라곤 하늘의 별빛이 전부. 하지만 아직 그조차 제 모습을 드러내지 않고 있었다. 주차장엔 차 네 대가 전부였다. 차 안에 머무는 이들은 시동을 끈 채 무언가를 기다리는 눈치였다.

"저 사람들은 아침까지 기다리려나? 시동 끄고 있으면 추울 텐데. 일출을 보려나 봐."

다른 사람들처럼 차 속에서 버텨보려 했지만 가로등처럼 하나 둘 켜지는 별빛을 따라 굽이굽이 내려와 호텔로 돌아왔다.

몇 해 뒤. 보조석에 앉아 창문을 열었다. 새벽이지만 공기는 그리 차갑지 않았다. 땅에서는 신호등과 간간이 오가는 차량의 전조등만이 거리의 어둠을 밝혔다. 별은 칠흑 같은 어둠 속에서만 볼 수 있다는 상식은 오류였음이 밝혀지는 순간. 하늘 위를 수많은 별들이 밝혔고 도로 위 이정표는 할레아칼라를 가리켰다. 새벽 네 시가 지난 시각. 몇몇 집은 이미 일과를 시작했는지 따스한 빛이 밖으로 새어나오고 있었다. 도로 위 차량은 어둠 때문에 차량 라이터를 모두 켰다. 섭씨 19도였던 기온은 공원 고속도로로 진입하면서 차츰 떨어졌다. 2차선 도로의 통행을 구분하는 형광 선이 우리에게 길을 안내했다. 정상부에 도착하니 온도는 섭씨 6도까지 떨어졌다. 차를 세우고 일출을 볼 장소로 발걸음을 옮겼다. 이미 인파로 북적였다.

일출을 잘 볼 수 있는 자리에 사람들과 카메라가 가득했다. 크고 작은 돌멩이 위에 기꺼이 서서 보겠다는 사람들도 많았다. 그렇게 아슬아슬하게 중심을 잡고 선 사람들 사이로 빼꼼 고개를 내미는 태양. 시끌벅적하던 사람들이 사라진 것처럼 일순간 정적이 흘렀다. 이어서 쉴 새 없이 터지는 카메라 셔터 소리. 사진과 영상을 남길 수 있는 기계가 총출동하여 요란한 소리를 냈다. 모두 일출을 난생처음 보는 사람들 같았다. 아, 이곳의 일출은 처음이겠구나! 사람들이 말했다. 내가 본 일출 중 가장 황홀하다고. 그 어떤 곳의 일출보다 경이롭고 압도적이다고. 태양의 집이라는 수식이 괜히 붙은 게 아니라고. 반짝이던 별을 지우고 이글이글 타오르는 별을 소환해낸 일출. 그렇게 해가 떠오르자 어둠 속에 숨어 있던 진짜 장관이 드러났다. 붉은 듯 붉지 않고 푸른 듯 푸르지 않은, 달 표면을 그대로 가져온 듯한 이색적인 풍광이 펼쳐졌다.

"빅 아일랜드 화산국립공원을 다 둘러보려면 시간이 얼마나 걸릴까요?"

하와이 여행 카페에 질문했다. 천차만별의 댓글이 달렸다. 댓글을 단 사람들 모두 같은 곳을 다녀왔는데 어쩜 이리 다른 의견인 걸까. 허니문으로 화산국립공원에 다녀온 진희 언니는 반나절 이상은 투자하라고 했다. 언니 의견에 내 판단을 더해 오롯이 하루 종일

화산국립공원 이키 크레이터 트레일, 빅 아일랜드

활화산의 신비로움을 느껴보기로 했다. 힐로에서 공원으로 향하는 길 보슬보슬 내리던 비는 공원 내 비지터 센터에 주차를 하는 동안 폭풍우로 변했다. 뛰어서 비지터 센터 내로 들어가 시간을 보내고 나니 언제 그랬냐는 듯 비는 멈췄지만 공원 내 공기가 차가웠다.

온종일 공원에서 보내기로 마음먹은 덕분에 참 여유로웠다. 볼케이노 아트센터 갤러리에 가서 작품도 감상하고 남편이 집에 걸어두면 좋겠다고 말한 사진 작품도 한 점 샀다. 차를 세울 수 있는 곳은 그냥 지나치지 않고 꼭 내려 주변 경치를 즐겼다. 운 좋게도 방문하기 며칠 전 용암 분출이 있었던 할레마우마우 분화구도 볼 수 있었다. 덕분에 해가 중천에 떠 있는 시각임에도 펄떡펄떡 뛰는 붉은 용암을 선명하게 보았다. 점심을 먹으러 들른 볼케이노 하우스 내 레스토랑 '더림'에선 서버의 실수로 커피와 콜라를 무료로 마셨다. 내렸다 그쳤다를 반복한 비는 이키 크레이터 트레일을 즐기는 동안 잠잠해졌다. 오락가락하는 비 덕분에 무지개도 두세 번 만났다. 모든 일정에 행운이 깃든 듯했다.

용암이 오랜 시간 흐르며 만들어낸 광활한 자연 앞에 당도했다. 입이 다물어지지 않았다. 할 말조차 잃었다. 분화구에서 야경까지 보며 완벽에 가까운 하루를 보냈다며 자축했다.

"이렇게 볼 게 많은데 반나절이면 충분하다는 사람들은 도대체 어떻게 여행한 거지?"

난생처음 본 비현실적 풍광은 꾸미지 않은 자연 그대로의 모습이었다. 검은 용암 지대는 황량해 보이기도, 지구 아닌 다른 외계 행성처럼 느껴지기도 했다. 펄떡이며 뛰던 붉은 땅의 호흡. 두려울 만큼 가깝게 전해지던 자연의 위대함 앞에서 나는 작고 작은 한 인간일 뿐이었다.

참 아이러니하다. 하와이 전 섬에서 가장 많은 관광객이 찾는 국립공원 두 곳의 기억은 딱 여기까지다. 친구의 조언이 없었다면 쓰지 않았을지 모를 할레아칼라와 화산국립공원의 이야기. 여행하며 두 곳을 찾았던 데에는 분명한 이유가 있었다. 모두가 추천하는 필수 관광지라는 점이 아마도 가장 큰 이유였겠지만. 어쨌든 두 곳 모두 내게 이색적인 풍경과 놀라운 감상을 선사하긴 했다. 그럼에도 두 곳에 대한 잔향이 그리 짙진 않다. 왜일까. 너무나도 거대한 자연의 경이로움을 비현실적인 한 장면으로 여겼던 걸까? 모두가 경탄해 마지않는 대상에 대해 괜한 반발심이 일어난 걸까? 정답은 잘 모르겠다. 여행 중에는 이렇게 '필수'가 '불필요'한 순간이 분명 생긴다.

마우나케아의 일몰, 빅 아일랜드

Part 2

이곳에선 언제나
무브, 무브, 무브!!!

와이키키, 오아후

파도 위에서 희희낙락하다

서핑 도전기

이른 아침 잠에서 깨자마자 주섬주섬 옷을 갈아입고 해변으로 향했다. 모래사장 한 구석에 비치 타월을 툭 던져 펴고 주저앉았다. 서퍼들의 몸짓을 유심히 지켜보았다. 보드에 몸을 싣고 높은 파도에 맞서는 그들을 응원하는 내내 짜릿한 전율을 느꼈다. 저절로 탄성이 터져 나왔다. 한두 시간 넋 놓고 있다가 와이키키의 진정한 매력은 서핑이 아닐까 생각했다. 호텔로 돌아오는 길. 나도 모르게 노래를 흥얼거리고 있었다. 비치보이스의 '서핑 유에스에이'였다.

갑자기 떠오른 음악 때문인지, 서퍼들이 보여준 에너지 덕분인지 알 수 없었지만 흥겨움은 계속되었다. 해변을 벗어날 때까지 서퍼들이 계속 눈앞에 보이자 결국 나도 배워볼까 싶은 마음이 들었다. 내가 과연 할 수 있을까 고민이 좀 되긴 했다. 몇 번 강습을 받는다고 해도 저들처럼 멋지게 파도를 타는 건 불가능한 일이었다. 하지만 되든 안 되든 해보자 싶은 충동이 나를 강하게 이끌었다. 서핑 스쿨 중 한국어가 가능한 곳을 찾았다. 다급할 때 '마마'보다 '엄마'라는 말이 먼저 나올 게 분명하니까. 원활한 소통이 가능한 한국어 강사가 내게 제격이리라.

강습은 오전 아홉 시부터 와이키키 내 샌스 수시 비치 쪽에서 진행되었다. 바다와 나란히 붙어 있는 공원에서 기초 수업을 듣고 바로 바다로 나갔다. 강사는 샛노란 머리를 질끈 묶고 있었다. 어린 시절 이곳으로 이민 왔다는 그는 한국어가 약간 가능할 뿐 미국인이나 다름없었다. 어찌 되었건 오늘 하루만큼은 이 강사에게 비루한 나의 몸을 맡겨야 했다.

준비 운동을 시작했다. 간단한 스트레칭부터 하나둘 하나둘. 잔디밭 위에서 하는 지상 교육은 내게 무한 자신감을 선사했다. 와이키키를 향해 누워 있는 서프보드는 마치 요술 양탄자처럼 보였다. '어서 빨리 나를 바다 위로 데려가!' 설렘을 감추지 못하고 속삭였다.

보드 위에 바르게 서는 방법, 펜들링 즉 바다를 향해 팔 젓는 방법 등을 익히다 보니 마음은 벌써 파도를 타는 듯했다. 오아후로 유학 온 지 2년 되었다는 열두 살짜리 남자아이도 함께 연습했다. 아이는 이틀째 맹훈련 중이라며 조금 뻐기듯이 내게 파이팅을 외쳤다. 어딘지 둔해 보이는 아이의 모습이 자못 귀여웠다. 다 같이 야심 찬 각오를 다지며 바다로 나섰다. 세계 각국의 휴양지에서 자국민인지 아닌지 단번에 알아볼 수 있는 한국인의 전매특허. 바로 래쉬가

드와 비치 팬츠를 입고 바다에서는 무조건 톡톡 튀는 패션이 최고지 하며 업체에서 제공하는 노오란 형광색 아쿠아 슈즈를 집었다.

바다에 들어가기 전 나도 모르게 깊은 숨을 들이켰다. 그 사이 강사가 들고 온 서프보드는 마치 비단처럼 물에 스며들었다. 철썩이는 파도에 보드가 찰랑찰랑 움직였다. 모래가 발을 감싸는 기분 좋은 감촉은 잠시 모른 척하고 어서 빨리 물속으로 뛰어들고 싶었다. 서프보드의 앞쪽 끝부분인 노우즈(Nose)가 바다를 향했다. 노우즈 반대 끝은 보드의 꼬리와 다름없는 테일(Tail). 테일 쪽에 걸린 리쉬코드(Leash Code)는 보드에서 떨어질 상황을 대비하여 우리 몸과 보드를 연결한 것. 리쉬코드를 발목에 단단히 묶고 출격 준비 완료. 사실 찍찍이로 된 리쉬코드가 과연 튼튼할까 잠시 불안했더랬다.

눕거나 발을 디디는 부분인 서프보드 데크에 누웠다. 저 멀리 파도를 향해 힘껏 펜들링을 했다. 기초 교육 때 배운 것처럼 턱은 살짝 들어 전방을 주시하고 가슴과 다리는 데크 위에서 살짝 띄운 후 힘껏 팔을 저었다. 바다를 향하는 동안 몸 후면으로 내리쬐는 햇볕도 기분 좋았다. 해변에서 꽤 멀어진 것 같았는데 겨우 800미터 정도 나왔다고 강사가 소리쳤다. 얼마 지나지 않아 강사의 목소리가 또다시 들렸다.

"노우즈 방향을 공원 쪽으로 돌려!"

드디어 파도를 타게 되는 건가. 심장이 주체할 수 없을 만큼 콩닥거렸다. 그런데 기대감과 설렘도 잠시, 대체 언제 파도를 타야 하는 건지 알 수가 없었다. 서핑을 고작 30분 배운 내가 넘어야 할 파도를 구별할 수 있을 리 만무했다. 알고 보니 그것은 강사의 몫이라고.

데크에 누워 있다가 강사의 구령과 함께 일어서기 동작을 시작한다. 양팔을 뻗어 보드를 살포시 누르며 상체를 세운 후 재빠르게 몸을 45도 측면으로 돌린다. 이때 무릎을 45도쯤 세운다. 허리를 곧게 펴고 양팔을 앞뒤로 쭉 편다. 잔디 위에서 배운 과정을 재빠르게 곱씹으며 바람을 가로지르는 내 모습을 잠시 상상해본다. '자! 이제 온몸으로 바람을 느껴보는 거야!'

파도를 타기 위한 일련의 과정은 꽤 짧은 시간 동안 이뤄지는데 실전은 생각만큼 쉽지 않았다. 아니 몹시 어려웠다. 출렁이는 파도 위에서 중심을 잡는 것도 자세를 취하는 것도 마음대로 되지 않았다. 물속에 자석이라도 있는 건지 바다는 자꾸만 내 몸을 끌어당겼다. 일어서기는커녕 연거푸 계속 물을 먹었더니 물배가 차는 듯싶고 온몸이 흐물흐물 지쳐갔다. 나는 안되나 보다 포기하고서 보드 사이에 양다리를 걸치고 앉아 열두 살 소년을 바라봤다. 역시 파릇파릇한 체력과 경험은 무시할 수 없나 보다 중얼거리는데 강사와 눈이 마주쳤다. 강사도 오죽 답답했을까. 말없이 지켜보던 강사는 조금 격양된 목소리로 외쳤다.

"할 수 있어. 우리 한 번만 더 해보자."

힘들었다. 어떻게 해야 하는지 알면서 따라주지 않는 몸 때문

와이키키, 오아후

에 좌절한 상태였다. 내게 한 번이라도 바람의 맛을 느끼게 해주고픈 강사를 보며 남은 힘을 짜냈다.

"자, 준비하고. 업 업 업 업!"

무릎과 다리가 후들후들 떨렸다. 격려 때문인지 수많은 실패 덕분인지 엉겁결에 조금씩 자세를 취하며 몇 초씩 바람을 느꼈다. 그야말로 찰나에 불과했지만 이 맛에 서핑을 하는구나 하는 생각이 절로 들었다. 그렇게 두 시간쯤 지났을까. 강사가 말했다.

와이메아 비치 파크, 오아후

"거 봐, 되잖아. 굿!"

강사는 나를 향해 엄지를 치켜세웠다. 칭찬을 듣고도 조금 창피했다. 그렇지만 파도가 온몸을 밀어줄 때 바람을 가르는 기분은 민망함도 잊게 해주었다. 형편없는 실력을 떠나 그 순간만큼은 내가 바다의 주인공인 것 같았다. 실제로 보드 위에서 몇 번 일어서지도 못했지만 파도가 준 교훈은 컸다.

파도를 기다리고 기다린 파도에 부딪혀 보면 알 게 되는 어떤 것. 생각보다 거센 파도가 밀려와도 그리 아프지 않다는 것. 그래서 도전해볼 만하다는 것. 자유를 만끽하려면 최소한의 노력이 필요하다는 것. 노력하는 자만이 느낄 수 있는 시원한 바람은 갈증에 시달리다 마시는 청량음료 한 모금과 같다는 것. 그리고 끝으로 바람의 방향은 언제나 예상과 다르고 그에 따라 내 계획도 선택도 예상치 못한 결과를 얻는다는 것.

바다 위에서 서프보드 데크에 엎드려 있다 보니 짧은 팬츠를 입은 하체 후면이 벌겋게 익어 있었다. 선크림을 열심히 발랐지만 괜한 짓이었다. 그후 내 다리는 꽤 오랫동안 서핑의 추억을 머금고 있었다. 1년 뒤 다시 와이키키 비치를 찾았다. 과거 내 모습은 온데간데없었다. 그간 필라테스를 통한 코어 운동으로 허리에 단단히 힘을 줄 수 있게 되니 서핑이 한결 쉬워졌다. 서핑에 처음 도전한 남편에게 열두 살 소년이 그랬던 것처럼 약간의 의기양양함을 섞어 파이팅을 외쳤다.

조금 늦었지만 이 책을 빌려서라도 '808로코' 용 강사에게 감사를 전하고 싶다. 보드 위 불량 학생을 끝까지 감싸 안아줘서 정말 고맙다고 말이다. 그리고 언젠가 다시 그 바다 위를 날아오를 나를 그리며 와이키키 비치를 지키는 듀크 카하나모쿠* 에게 샤카** 사인을 날려본다.

와이키키 비치의 카하나모쿠 동상, 오아후

* **듀크 카하나모쿠**(Duke Kahanamoku): 하와이 출신의 수영 선수로 1912년 스톡홀름, 1920년 앤드워프 올림픽의 수영 금메달리스트다. 근대 서핑의 창시자로 알려졌으며 서핑을 전 세계적으로 알린 장본인.

** **샤카**(Shaka): 엄지와 새끼손가락을 펴고 가운데 세 손가락은 접는다. 다양한 인종이 섞여 사는 하와이에서 말이 잘 통하지 않을 때 쓰던 수화였는데 서핑 문화로 넘어와 트레이드 동작이 되었다. '감사합니다' '안녕' 혹은 '배려'나 '존중'의 의미를 담은 손동작.

어디까지 걸어봤니?

바다 트레킹

오아후 숙소에서 뭐 특별한 게 없을까 고민하며 웹 서핑에 한창이었다. 인터넷 속 많은 자료, 이런저런 여행 이야기를 엿보는 재미가 쏠쏠했다. 그러던 중 오아후에 사는 지인 마할로 씨에게 연락이 왔다. 그는 무턱대고 몇 시까지 갈 테니 준비하고 있으라고 말했다. 얼마 지나지 않아 머물고 있던 숙소로 그가 왔다. 혼자가 아니라 처음 보는 또 다른 일행과 함께였다.

일행들과 차에서 인사를 나눴지만 차 안의 어색한 공기는 숨길 수 없었다. 와이키키에서 40여 분 정도 달린 차는 쿠알로아 리저널 파크에 도착했다. 몇 번 와본 적 있던 터라 다행히 낯설진 않았다. 공원에 들어선 차는 가장 안쪽에 있는 주차장까지 진입했다. 운전석에 앉은 지인이 문을 열고 내리자 남은 사람들도 하나둘 따라 내렸다. 나만 빼고 이들 모두 이후 일정에 대해 알고 있는 듯했다.

마지막으로 내린 내게 마할로 씨가 씨익 웃어 보였다. 그러더니 바다를 향해 조용히 손가락질했다. '뭐지?' 하는데 바다 한가운데를 다시 가리키며 그가 말했다.

"저게 바로 오늘의 미션이야."

순간 내 눈을 의심했다. 그가 가리킨 쪽을 다시 확인했다. 바다 한가운데에 있는 섬까지 걸어간다는 소리였다.

모자 모양의 작은 섬. 옛 중국인들이 쓰던 모자를 닮았다고 해서 중국인 모자섬이라고 부른다. 정식 명칭은 모콜리이. 물이 얕고 바람도 잔잔한 5월이라 하이킹이 가능한 때라는 게 마할로 씨의 설명이었다. 튼튼한 두 다리로 여기저기 떠돌아다니는 걸 좋아하고 하와이에 있는 모든 트레킹 코스를 완주해보고 싶다는 작은 꿈이 있었지만, 바다를 걷는다는 건 애초 계획에 없었다. 이 섬에 대해 알고 있던 이라도 어떻게 섬까지 걸어서 가느냐고 반문할 일이었다.

출발 전 짐을 최소화했다. 가방이고 휴대폰이고 필요 없었다. 젖지 않게 가져가기가 불가능하니까. 그래도 바다를 건넜다는 증거는 남겨야 하니 지인의 카메라만 챙겼다. 가지고 있던 모든 비닐을 동원해 카메라를 몇 겹씩 포장했다. 바닷속 암초 탓에 맨발로 걷는 건 위험하다고 해서 아쿠아 슈즈를 내 몸처럼 챙겼다. 출발할 때 아쿠아 슈즈를 골라 신은 건 신의 한 수였다.

천진하게 모래사장을 뛰어다니는 소년들이 왜 부러웠을까. 이내 바다 트레킹에 도전이라니 나도 진짜 대단하다고 자기 최면을 걸었다. 겁이 조금 났지만 비장한 결의를 다진 후 출발했다. 몇 걸음 옮기지 않아 크고 작은 돌이 따갑게 느껴졌다. 걸음마 떼는 아기가 된 심정으로 우둘투둘한 돌바닥에 발을 내딛으며 파도와 인사를 나눴다. 점점 해변에서 멀어졌고 얼마 지나지 않아 고개만 간신히 수면 밖으로 나와 있을 정도가 되었다. 키가 160센티미터 남짓인 나는 점점 두려워졌다. 이러다 물을 잔뜩 먹게 되는 건 아닐까. 곧 발이 바닥에 닿지 않을 것만 같아 조마조마했다. 머릿속은 이미 걱정을 잔뜩 머금어 무거웠지만 지금 이 순간 할 수 있는 건 앞을 향해 계속 걷는 것밖에. 오로지 내 발끝과 물살에 집중 또 집중. 쓰러지면 안 돼, 힘을 내자, 침착하자. 내가 살면서 이토록 필사적이었던 적이 있었나. 왜 하필 하와이에서 지금 이러고 있는 걸까. 실소가 터져 나왔다. 말도 안 되는 도전이었다.

공원 모래사장에서 700미터가량 떨어진 섬 모콜리이. 앞만 보고 가도 힘에 부쳤지만 나는 계속 타고 온 차가 있는 주차장 쪽을 돌아보았다. 반복해 뒤를 돌아보며 내가 얼마나 왔을까, 이제 얼마나 남았을까 가늠했던 것. 주변 경치를 돌아볼 여유 따위 없고 머릿속은 백지 상태가 되었다. 카약을 타고 섬으로 향하는 무리가 보였다. 나도 좀 태워 가주었으면 하는 순간, 카약이 지나간 자리에 일렁이는 파도. 물을 한 움큼 잔뜩 먹었다. 생각보다 짜지 않아 다행이었다.

일행 중 한 사람이 카메라를 들었다. 비닐봉지에 포장한 카메라를 머리 위로 치켜들고 걷느라 애를 먹어야 했다. 절대 팔을 내리면 안 되는 벌서기 자세나 다름없는 상황. 한쪽 팔이 조금 내려오나 싶으면 나머지 사람들이 한목소리로 고함을 질렀다.

"안 돼, 조심조심. 카메라, 카메라!"

물속을 걷는 30분, 40분이 몇 시간처럼 느껴졌다. 점점 섬은 가까워졌다. 수면 아래 잠겼던 몸도 점차 수면 밖으로 나왔고 발걸음이 더욱 가벼워졌다. 직립 보행을 하기까지 아주 오랜 세월이 필요했던 초기 인류가 된 듯한 기분. 드디어 일행 모두 바다에서 수면 위로 완전히 올라왔다. 다들 그야말로 물에 빠진 생쥐 꼴. 그렇지만 우리 참 대단하다는 말이 절로 나왔다. 걸어서 바다를 건너다니! 혼자서라면 절대로 할 수 없을 도전이었다. 초면이라 쭈뼛거렸던 이들과 함께 어떤 성취를 이루고 나니 막역한 사이가 된 듯했다. 서로가 정말 멋져 보였고 모두에게 신뢰가 생겼다.

그런데 또 다른 난관이 기다리고 있었다. 바다 한가운데에 떠 있는 이 작은 섬에는 그늘을 드리우는 나무 한 그루조차 없었다. 강하게 내리비치는 태양의 기운을 오롯이 받아 용광로처럼 달궈진 섬. 작은 섬이라 정상까지 10분이면 거뜬하겠지 싶었는데 열기라는 복병이 우리의 발목을 붙잡았다. 이글거리는 모래 지면은 용암 지대보다 훨씬 뜨거웠다. 엎친 데 덮친 격으로 섬 정상까지는 경사가 가팔라 자칫 미끄러질 위험이 있었다. 어쩔 수 없이 맨발로 올라보자고 의견을 모았다. 다들 한쪽에 신발을 가지런히 벗어두고 정상으로 향

모콜리이, 오아후 ©마할로

했다.

"앗, 뜨거워. 악!"

한 걸음 바닥에 닿자마자 다들 발바닥을 부여잡고 용수철처럼 튀어올랐다. 어찌나 뜨거운지 당장 바닷물에 발을 담그고 싶었다. 걸음을 재촉하면 뜨거운 기운을 덜 느끼지 않을까 싶었지만 무모한 시도였다. 주변 풀포기 위에 잠깐씩 발바닥을 올려두면 나으려나 했던 생각도 부질없었다. 무엇을 밟아도 불에 달군 철길 위에 서 있는 것 같았다. 발끝으로만 콩콩 걸음을 옮겨보고, 한쪽 발을 반대쪽 종아리에 대며 열기를 식혀보기도 했다. 하지만 이런 식으로는 절대 정상까지 갈 수 없었다. 마할로 씨가 말했다.

"남자들이 셔츠를 벗어 길을 만들자."

바다를 건너오느라 그들의 셔츠는 이미 흠뻑 젖어 있었다. 게다가 이글거리는 태양 아래에서 끈적끈적 몸에 달라붙는 옷을 입고 있느니 차라리 맨몸이 나을 듯했다. 동행했던 남자 넷이서 누가 먼저랄 것도 없이 웃옷을 벗었다. 네 명 모두 하와이 생활을 오래해서인지 상반신 탈의는 자연스러운 일이었다. 벗은 셔츠 네 벌은 곧장 모랫바닥에 깔렸다. 한 명씩 한 명씩 셔츠들을 발판 삼아 앞으로 앞으로 이동했다. 마지막에 깔린 셔츠는 가장 끝에 오르는 사람이 앞으로 전달해가며 다 함께 걸음을 옮겼다. 머지않아 앞에 선 일행의 브라보 하는 외침이 들렸다. 정상에서 경치를 만끽하던 외국인들이 반갑게 인사를 건넸다.

드디어 정상 도착. 그제야 주위 풍경이 눈에 들어왔다. 작고 낮은 섬이지만 정상에서 내려다본 바다는 끝도 없이 펼쳐져 있었고 눈부시게 투명했다. 바다를 주욱 훑어 출발 지점으로 시선을 옮겼다. 누군가 그려놓은 수채화 위에 올라선 기분이었다. 푸른 물감을 고루 섞어 가장 아름다운 비율로 완성한 그러데이션. 그리고 웅장한 쿠알라 산맥이 품어줄 듯 다가왔다. 바람에 날아갈까, 미끄러져 바다에 빠질까 겁이 났지만 불어오는 바람과 멋진 풍경에 한동안 내려올 수 없었다.

반대 방향으로 시선을 돌렸다. 드넓은 태평양 위에 내가 있다. 두 팔을 한 아름 벌려 몸을 좌우로 살랑살랑 움직여본다. 저 멀리 병풍처럼 선 산맥과 눈앞의 푸른 바다. 대자연이 나를 에워싸고 있는 황홀함. 마치 바다 한가운데 붕 하고 떠 있는 것만 같았다. 저마다의 방식으로 풍광을 즐긴 후 다들 인증 사진을 남기기에 여념이 없었다. 우리가 여길 다시 올 수 있을까. 그런 의미에서 기념사진은 필수! 카메라를 움켜쥔 두 팔을 머리 위로 번쩍 들고 애지중지 가져왔더니 촬영이 더 애틋했다. 바다를 건너고 산을 오르느라 다들 꼴이 꾀죄죄했지만 이 순간은 영원히 기억하고 싶었다. 각자 멋지게 포즈를 취하는 일행들 얼굴에 웃음꽃이 만연했다.

내려오는 길도 여전히 불타고 있었다. 이미 남자들의 셔츠는 모래범벅. 한 번 더 매트 노릇을 하더라도 그 이상 나빠질 수 없을 듯했다. 게다가 이제 우리는 돌아가야 하니까 정상에 오를 때와 마찬

모콜리이, 오아후

가지로 셔츠를 밟아가며 내려왔다. 고이 모셔둔 아쿠아 슈즈를 신고서 다시 바다로 입수. 섬 입구에 카약을 타고 막 도착한 몇몇 이들이 알로하 손을 흔들며 미소를 건넸다. 그 미소가 '너희들 좀 멋진데'라고 말하는 것 같아 어깨가 으쓱했다. 비록 물속의 몸은 올 때보다 무거웠지만 마음만은 물에 둥둥 뜰 듯이 홀가분했다.

군필 남성들이 말하는 전우애가 이런 느낌인 걸까. 처음 만나자마자 함께 바다 트레킹에 나서고 험한 꼴 다 보게 된 우리는 이후 꾸준히 안부를 물으며 지내는 남매지간이 되었다. 그로부터 몇 년이 흐른 지금까지 우리는 참으로 특별했던 첫 만남을 회상하며 함께 웃곤 한다.

절벽을 따라 걷다

은밀하고 원초적인 칼랄라우

하와이 섬 중에서 가장 먼저 생긴 카우아이. 원초적인 이 섬은 은밀하고도 신비한 매력으로 가득하다. 세상 어디에도 없는 원시림을 그대로 간직하고자 의도적으로 개발하지 않은 섬. 울창한 밀림을 따라가다 보면 어디선가 훅 하고 야생 동물 한 마리가 튀어나올 것 같다. 잘 정비된 수도 시설이나 생수를 편하게 즐기기보다 졸졸 흐르는 냇물을 찾아 목을 축여야 할 것만 같은 그런 곳. 시간이 멈춘 듯한 원시림 덕분에 이곳은 할리우드 영화의 단골 촬영 장소다. 킹콩이 살거나 공룡이 뛰어다니고, 해적 일당을 만나거나 절벽 위 폭포에서 뛰어내리는 흔한 장면들 대부분은 이곳에서 촬영했다.

트레일 이야기를 시작하며 섬에 대한 설명을 늘어놓는 것 같다고? 영화는 섬의 자연을 쉽게 이해하기에 가장 탁월한 소재가 아닐까. 태곳적 모습을 간직한 카우아이로 떠나기 전 영화 한 편이 머릿속을 맴맴 돌았다. 바로 〈식스 데이 세븐 나인(Six Days, Seven Nights, 1998)〉이다. 1998년에 개봉했으니 꽤 오래전 영화인데 주말 영화 프로그램에서 종종 방영해주곤 했다. 영화에는 끝이 보이지 않는 산길이 나오고 주인공들은 그곳을 시종일관 뛰어다닌다. 내용도 내용이지만 카우아이의 풍광은 이야기를 극대화하는 데에 충분히 일조했다. 조각칼로 정교하게 깎고 다듬은 듯 하늘을 향해 뾰족히 솟은 산봉우리, 한 사람이 겨우 지날 수 있는 기암절벽 위 아슬아슬한 길이 영화 속에 담겨 있다. 이 광대한 자연은 예리한 화살촉이 되어 내 마음에 꽂혔다. 며칠을 나팔리 코스트에 대한 정보를 찾아 헤맸다. 이미 영화 한 편으로 아찔한 경험을 했지만 실로 그 대자연이 내뿜는 기운은 날 집어삼키기 충분했다.

비가 무척 잦은 탓에 여행 시기를 잘 맞춰야 했다. 강수량이 많기로 세계에서도 손꼽히는 이곳은 7, 8월이 여행하기 가장 좋다. 하늘의 뜻인지 좋은 시기에 떠날 수 있게 되었다. 그렇게 나는 '세계 5대 아름다운 트레일' '세계 8대 위험한 트레일'로 선정된 칼랄라우 트레일을 만났다.

칼랄라우 트레일이 있는 나팔리 코스트를 여행하는 방법은 딱 세 가지. 세일링, 헬기, 트레일이다. 세 방법 각각 누리는 사람의 취향에 따라 다른 인상을 선사하겠지만 놀라운 풍경을 마주하는 건 매한가지. 어쨌든 이곳 풍광을 속속들이 살필 수 있는 건 역시 트레일이 아닐까. 꽤 큰 비용이 드는 세일링이나 헬기도 가격만큼 훌륭한 투어였지만 트레일을 마친 후 가장 뿌듯했다. 이것은 가성비인가, 가심비인가!

에메랄드 해안 절벽이라 불리는 칼랄라우 트레일은 길이가 총 27킬로미터다. 모든 구간이 절벽을 배경으로 하고 있어 한시라도 정신을 놓았다가는 아찔한 순간을 맞을 수 있다. 오랜 세월 풍화작용을 거쳐 만들어진 경관은 신비로움 그 자체. 트레일은 섬 가장 북쪽에 자리한 케에 비치에서부터 출발한다.

입구는 음산했다. 우거진 나무 사이로 이정표와 설명문이 있을 뿐. 이른 새벽 내린 이슬비 탓인가 땅은 젖어 있었다. 흙탕인 길을 보니 각오를 단단히 해야겠다 싶었다. 설명문 앞에 서서 지도를 보니 이는 마치 사전 경고문 같았다. 갈 테면 가라! 사실 이 트레일 완주를 위해서는 허가가 필요하다. 미리 신청 후 허가를 받아야지만 전체 코스 완주가 가능한 것. 그냥 좀 걷겠다는데 무슨 허가! 게다가 하루아침에 다녀올 수 있는 거리가 아니기에 숙박은 필수. 그러나 이 험한 산중에 산장이 있을 리는 만무하다. 숙박할 방법은 오직 캠핑뿐. 캠핑을 위한 허가를 받아야 트레일 코스 내에서 숙박이 가능하다. 사전에 신청할 수 있는 상황이 아니었던 터라 기본 코스만 경험해보기로 했다. 카우아이에 스치듯 들리는 여행객이 대부분이기 때문인지 트레일에 도전하는 한국인은 많지 않았다. 두 차례의 트레일 동안 한국인, 아니 동양인을 만난 건 단 한 번도 없었으니까.

흙탕길을 따라 나팔리 코스트로 들어가면서 처음 몇 분은 조금 자만했다. 순조로운 출발을 도운 쾌청한 하늘 아래 있다는 사실만으로도 우쭐한 기분이 들었다. 하루 전날만 해도 비 때문에 입산이 통제되었다는데 난 참 운도 좋지 하는 생각. 동시에 옷이나 신발이 망가지면 그냥 버리자 하고 단단히 각오했다. 흙탕물이 튀고 찢어져도 괜찮아!

오전 여덟 시가 조금 지난 시각. 입장객은 많지 않았다. 나팔리 코스트가 마치 나만의 세상인 듯했다. 중간중간 돌길이 이어져도 견딜 만했다. 등산이라는 걸 처음 해보는 사람처럼 모든 것이 신기했다. 화산암에 구멍이 난 건 당연한 이치인데 그렇게 놀라울 수가 없었고, 중간중간 피어 있는 들꽃과 잡초에게 감사한 마음마저 들었다.

몇 분쯤 올라왔을까. 어느 지점에 사람들이 꽤 모여 있었다. 첫 번째 뷰포인트인 셈. 마라톤에 비유하자면 이제 막 출발점 테이프를 끊었을 뿐인데 눈앞으로 삐죽삐죽 솟은 기암절벽, 그 절벽을 향해 끊임없이 말을 거는 파도가 있었다. 시선을 반대로 돌렸더니 트레일을 시작했던 케에 비치가 한눈에 들어왔다. 산호 주변 바닷물이 연둣빛을 띠는 덕분에 물속까지 훤히 보였다. 헤엄치는 물고기와 함께 둥실둥실 유영하는 사람들이 흡사 커다란 물고기 같았다. 평화로운 케에 비치를 뒤로하고 다시 발걸음을 재촉했다.

울퉁불퉁. 미끌미끌. 산길을 걷는다는 건 아스팔트를 걷는 것과 달랐다. 그런데 흙길에서 느껴지는 땅의 감촉, 그 부드럽고도 거친 질감이 그날따라 싫지 않았다. 코끝에 닿는 진한 흙냄새도 향수처럼 향기로웠다. 조금씩 굴곡된 길을 오르락내리락하다 보니 마치 롤러코스터를 탄 기분이었다. 폭이 좁은 구간은 두 사람이 통행할 수 없을 정도였다. 맞은편에 오는 사람을 위해 잠시 비껴 길을 터주기도 했다. 2박 3일 코스를 완주하고 돌아오는 사람들도 꽤 만났다. 그들은 하나같이 자기 몸보다 훨씬 큰 배낭을 메고 있었다. 지칠 법도 하건만 얼굴을 찌푸리기는커녕 생글생글 웃으며 인사하는 여유를 보였다.

다시 한 시간쯤 지났을 무렵 시원한 바람이 머릿결을 쓸어주었다. 얼마나 온 걸까. 잠시 쉬어가기로 했다. 적당한 바위를 찾아 엉덩이를 붙였다. 당이 좀 필요한 것 같아 배낭에 넣어둔 초콜릿을 꺼냈다. 입안에 남은 달콤한 여운을 즐기며 주변을 바라보았다. 산과 바다. 자연이 오랜 세월 공들여 만든 위대한 조형물 앞의 나는 너무나도 작았다. 저 하늘 위에서 보면 한낱 점에 불과하겠지. 아니 어쩌면 아예 보이지 않을 수도. 짙고 푸른 태평양과 초록의 산을 친구 삼아 앞으로 앞으로 계속 걸어나갔다. 내가 이 거대한 자연 속에서 할 수 있는 일은 오직 걷는 것뿐.

전날 내린 빗물이 산줄기를 타고 내려와 자연스레 폭포가 된 모양이었다. 보기엔 참 좋았으나 불어난 계곡을 몸소 건너야 할 땐 당혹스럽기도 했다. 이왕 건널 바에야 신나게 해보자며 계곡물에 발을 담그니 흐르던 땀이 쏙 들어갔다. 어린아이가 물장난을 치듯 첨

칼랄라우 트레일, 카우아이

벙첨벙하며 계곡을 지났다.

좁고 험준한 열대 우림을 지나면 3.2킬로미터 코스의 최종 목적지인 하나카피아이 비치에 도착한다. 비치에는 짧은 트레일을 완주한 이들이 자축이라도 하듯 뿌듯한 표정으로 앉아 있었다. 작은 비치였지만 암석, 모래사장, 동굴까지 있어 즐길거리가 충분했다. 암석에 앉아 바라보는 해변, 모래사장에 누워 바라보는 해변, 작은 동굴 안에서 바라보는 해변은 제각각이었다. 암석에 앉아 가져온 물을 마시고 간식으로 바나나도 하나 해치운 뒤 해변 끝에 있는 동굴로 갔다. 불과 한 발걸음 차이인데 동굴 안과 밖에서 보는 풍경이 매우 달랐다.

시원하게 파도를 즐기고 있는 젊은 커플이 유독 눈에 띄었다. 매우 행복해 보이는 커플이었다. 한참 그들을 지켜보다 인사를 건넸다. 커플은 미 본토에서 신혼여행을 온 거라고 했다. 신혼부부라는 말에 영화 〈퍼펙트 겟어웨이(A Perfect Getaway, 2009)〉가 떠올랐다. 또한 이제 막 신랑, 신부라는 직함을 단 이들의 이야기에 묘하게 끌렸다.

"당신들, 영화 속 주인공 같아요. 멋져요."

영화 이야기를 꺼내자 신랑인 노아가 말했다.

"저도 그 영화 봤어요. 그런데 영화 속 이야기보다 배경이 더 인상에 남았어요. 그래서 카우아이로 허니문을 온 거예요. 영화에서나 보던 곳에 진짜 오다니 황홀한 경험이죠."

그는 이 비치부터 시작되는 코스가 칼랄라우 트레일의 본격적인 출발점이라며 각오를 단단히 했다. 이 아름다운 커플의 모습을 보며 저 너머 트레일에 대한 호기심이 발동했다. 먹을 것도, 쉴 곳도, 씻을 곳도 변변찮은 나팔리 코스트. 저들이 나아갈 길 끝엔 무엇이 기다리고 있을까.

수많은 이들이 원시의 아름다움을 느끼기 위해 오늘도 이 곳을 걷는다. 섬의 20퍼센트밖에 개발되지 않아 불편한 것투성이지만 불편함 따위는 이 보석 같은 카우아이에서 얼마든지 극복할 수 있다. 모쪼록 우리 일상도 그러할 수 있기를. 힘들고 어려운, 그래서 피하고 싶은 길이 눈앞에 있더라도. 그마저 즐기며 극복할 수 있게 이끄는 아름다움이 내 삶에, 당신의 삶에 분명 있으리라.

하늘을 날다

짚라인

여행을 하다 보면 이것저것 도전하고 경험하고 싶은 것이 참 많다. 짚라인도 그중 하나였다. 하지만 사서 걱정하는 스타일이라 쉽사리 실천에 옮길 수 없었다. 다양한 프로그램 중 내가 원하는 것을 찾는 것도 일이었다. 그 날은 어쩐 일인지 짚라인 하나가 눈에 불쑥 들어왔다. 하와이 섬 중 최고의 짚라인 환경을 갖춘 빅 아일랜드 힐로에서다. 걱정과 근심은 미국이라는 나라가 지닌 안전 대책 앞에 살짝 내려놓았다. 오폐수가 바다로 흘러들 경우 바다에 아예 못 들어가게 하는 나라이지 않나. 그러니 짚라인 또한 얼마나 엄격히 관리할까 하고 믿기로 했다. 후기를 찾아보았다. 한국인이 쓴 글은 없었지만 외국인들 후기는 제법 많았다. 그래, 해보자! 원하는 날짜로 예약하고 예약 당일 사무실을 찾았다.

스카이라인 에코 어드벤처. 회사명만 봐도 이 회사가 지향하는 바가 느껴졌다. 짚라인과 에코라니. 마음속 깊이 신뢰감과 안도감이 찾아왔다. 한국에서는 쳐다도 보지 않을 짚라인인데 장소가 하와이로 바뀌었다고 바로 이렇게 무한 신뢰감을 가질 수 있단 말인가.

예약 시간이 되어가자 몇몇 커플이 더 모였다. 우리 부부까지 모두 세 커플. 한국에서 온 우리 부부와 미국, 스페인에서 온 부부였다. 안전 수칙을 듣고 장비를 착용한 뒤 가이드들과 함께 투어 차량에 올랐다. 힐로에 있는 아카카 폭포 주립공원에서 진행되는 7라인 투어였다.

"폭포를 가로지르는 느낌은 어떨까?"

기대감을 가득 안고 출발했다. 7라인은 말 그대로 짚라인을 일곱 번 타는 것. 열대 우림과 농장, 폭포를 지나면서 짚라인을 타는데 워밍업 코스인 1, 2라인을 지나면 공포도 배가된다. 내 키보다 큰 바나나나무가 가득한 농장을 지나기도 하고 때때로 멧돼지를 만나기도. 와이어와 연결된 묵직한 고리가 과연 꼭 필요한 걸까 싶을 정도로 1, 2라인은 시시하기 짝이 없었다. 잔뜩 실망한 채 옆을 보니 남편은 한결 편안해진 얼굴이었다. 그는 세상에서 안전을 가장 중요시하는 사람이니까. 1, 2코스는 농장과 농장 사이를 짚라인으로 이동한다. 기대했던 풍경이 아니라 아쉬웠다. 곧바로 3코스로 향했다.

3코스 시작 지점에 다다르니 저 멀리 힐로 앞바다가 보이기 시작했다. 뭔가 색다른 풍경을 볼 수 있을 것 같았다. 이제 실전인가?

아카카 폭포 주립공원, 빅 아일랜드

가이드가 와이어 장치를 연결해주는 모습마저 비장하게 느껴진다. 제일 먼저 가이드가 출발하고 차례로 한 사람씩 타는데 출발 지점에 남은 다른 가이드가 우리를 도왔다. 도착 지점에 먼저 도착한 가이드는 우리가 무사히 착지할 수 있도록 자리를 지켰다. 3코스부터 물줄기가 보이기 시작했다. 공원 내 이렇게 많은 폭포가 있다는 사실은 짚라인을 타지 않았으면 몰랐을 테다. 작은 폭포 위를 나는 것도 신기했다. 환호를 지를 겨를도 없이 순식간에 지났지만 말이다. 아쉬워하는 내게 가이드는 히비스커스 한 송이를 꺾어주었다.

4코스에서는 밀림을 코앞에서 느낄 수 있었다. 혹여나 짚라인을 타고 내려가다 빽빽한 나무 사이에 걸리면 어쩌지 하는 걱정까지 했다. 바람이 무척이나 시원했다. 내가 어딘가 매달려 있는 것이 아니라 바람의 힘으로 하늘을 나는 듯한 느낌이었다. 파도 위에서 서핑을 즐길 때의 바람과는 또 사뭇 달랐다. 마치 공중에 떠 있는 기분이랄까. 짚라인을 타고 내려가는 도중 내 의지와 상관없이 레일 방향이 도르르 돌았다. 짧은 순간 멈칫 엄청난 공포를 느꼈다. 뭔가 잘못된 건가. 그런데 순간의 공포 덕분에 새로운 눈을 뜨게 되었다. 앞을 향해 달려나가던 레일이 360도로 돌면서 사방의 풍경을 감상하게 해준 것이다. 말로만 듣던 파노라믹 뷰!

짚라인에는 아무 이상이 없다는 걸 알고 나니 풍경이 훨씬 아름답게 보였다. 내가 출발했던 지점의 풍경을 감상하는 동시에 아래를 내려다봤다. 한참 밑으로 떨어지고 있는 물줄기가 아주 가느다랗게 보였다. 5코스 도착 지점에 하나둘 도착한 일행은 입을 모아 판타스틱을 외쳤다. 미국에서 온 50대 부인 캐롤은 생애 이런 경험은 처음이라며 세상 모든 감탄사로도 벅찬 감정을 설명할 수 없다고 말했다.

하이라이트는 7코스였다. 폭포와 폭포 사이 절벽을 스쳐 내려가는 코스였다. 길이가 76.2미터나 되는 콜레코레 폭포 위를 날았다. 지금까지 내려온 밀림은 맛보기 정도였다.

내 순서는 네 번째. 앞서 내려간 남편이 지르는 소리가 점점 희미해지는가 싶더니 이내 더 크게 들렸다. 분명 어느 순간 놀랄 만한 풍경이 눈앞에 펼쳐졌겠지. 내려간 지 한참 지났는데 아직도 착륙 지점에 도착하지 않은 건가 생각하는 찰나, 가이드의 목소리가 들려왔다.

"자, 드디어 네 차례야. 있는 힘껏 소리쳐. 레디!"

"고!"

내 의지와 상관없이 두 발은 허공에 헛발질을 해댔다. 한참을 내려가며 마주한 풍경은 나를 한 마리 새로 만들었다. 가는 줄 하나에 몸을 매달고서 나는 그렇게 날았다. 폭포수가 시원하게 떨어지는 절벽을 가로질렀다. 이제껏 이토록 크게 환호한 적 있을까 싶을 만큼 소리를 질렀지만 폭포의 거대한 물소리에 내 목소리는 이내 묻혔다. 처음 가졌던 공포감은 이미 온데간데없이 사라졌다. 나는 폭포 위를 조금이라도 천천히 지나고 싶어 부질없는 안간힘을 썼다. 이게 바로 짚라인의 묘미구나! 이 일을 업으로 삼고 있는 전문 가이드들이 부러웠다. 나보다 인생을 한참이나 더 산 캐롤도 이 황홀감을 말로는 표현할 수 없다고 했다. 그렇다. 바로 그 순간, 시간이 딱 멈췄으면 싶던 그 찰나를 어찌 말로 그릴 수 있을까. 나의 첫 짚라인은 160불은커녕 1,600불을 줘도 아깝지 않은 경험이었다.

바다 위에서 요가를 하다

낯선 경험이 주는 낭만

"네? 회원님, 한 달이나 못 오신다고요?"

"선생님, 저도 진짜 안타까워요. 그동안 만든 복근이 없어지면 어쩌죠?"

이제 막 운동에 재미가 붙고 효과를 보던 차였으니 강사가 놀랄 만했다.

디스크에 필라테스가 좋다는 주치의와 지인들 추천을 새겨듣고 운동을 시작한 건 3년 전쯤. 그룹 레슨으로 시작했는데 효과가 눈에 띄지는 않았다. 과연 얼마나 도움이 될지 끝까지 해보자 싶어 개인 레슨이 가능한 곳을 찾았다. 걸어서 5분 만에 갈 수 있는 거리라 부담 없었고 내 몸 상태와 스케줄에 따라 레슨을 받을 수 있어서 꾸준히 운동에 집중했다. 군살을 빼줘 몸의 라인을 예쁘게 만들고 근육이 탄탄해지는 등 누구나 알 법한 필라테스의 장점을 물론 모두 경험했다. 하지만 그보다도 운동을 마치면 그렇게 개운할 수가 없다는 점이 가장 만족스러웠다. 운동 후에는 신체의 모든 신경이 잠에서 깨어나 기지개라도 펴는 듯 온몸이 시원했다.

덕분에 나의 코어 근육은 점점 강화되었다. 가끔 혼자 거울 앞에 서서 복근을 확인하고 괜스레 쿡쿡 찔러보며 뿌듯함도 느꼈다. 디스크 때문에 받던 정기적인 시술도 2년 정도 끊었다. 내게 필라테스는 운동 그 이상의 의미가 되었다. 그런데 급작스런 하와이행으로 한 달이나 운동을 못 하게 된 상황이었다. 강사는 며칠 후 내게 솔깃한 제안을 했다.

"회원님, 서프보드 위에서 하는 요가 알죠? 하와이 가면 꼭 해보세요. 회원님이라면 충분히 할 수 있을 거예요."

강사의 말대로 오아후에 도착해 서핑 요가를 찾았다. 공원 잔디나 모래사장에서 진행하는 요가 수업은 자주 봤지만 SUP(StandUp Paddle Yoga) 요가는 좀처럼 볼 수 없었다. 여행 앱 몇 개를 뒤져 후기를 찾아본 후 괜찮아 보이는 곳을 찜했다. 대부분 힐튼 빌리지 내 인공 라군과 알라모아나 비치 파크에서 진행되는 듯했다. 예약 방법을 확인하고 잠자리에 들었다. 새로운 도전을 앞둔 탓일까. 소풍 가기 전날 밤 설레던 아이처럼 뒤척거렸다. 그러고도 이튿날 늦지 않게 눈이 떠졌다.

홈페이지를 통해 예약하고 시간에 맞춰 알라모아나 비치 파크로 향했다. 수업 시간은 오전 아홉 시. 10여 분 전 일등으로 도착

알라모아나 비치 파크, 오아후

해 체크인을 마쳤다. 자신을 '켈리'라고 소개한 강사와 간단히 인사를 나눴다. 그러는 사이 다른 신청자들도 도착했다. 호주에서 온 여성과 홍콩에서 온 커플이 전부였다. 간단한 설명을 들으며 다소 긴장한 채 수업을 준비하는 우리와 달리 공원에는 현지인과 여행객이 뒤섞여 운동하며 여유를 즐기고 있었다. 일본인 예비 부부는 새하얀 드레스와 멋진 턱시도를 빼입고 싱글벙글 웨딩 촬영이 한창이었다.

같은 공간 속 모두가 다른 시간을 맞이하는 중. 잔디 위에 펼쳐진 보드를 한 손에 들고 보드의 움직임을 안정적으로 잡아줄 묵직한 추를 어깨에 걸쳐 메고 비치로 걸었다. 예상과 달리 초반부터 복병이 도사리고 있었다. 보드가 내겐 너무 무거웠던 것. 다른 이들은 꿋꿋이 들고서 모래사장을 걷고 있었다. 어쩔 수 없이 질질 끌고 가는 수밖에.

낑낑거리며 들고 온 보드를 내려놓으니 철썩 하고 바다 위에 매트가 깔렸다. 때는 3월 초, 이른 아침이지만 살에 닿는 물결은 차지 않았다. 필라테스를 꾸준히 해왔으니 잘할 수 있을 거라고 자신 있게 되뇌며 서프보드 위로 거뜬히 올라섰다. 뭐든 기초가 중요한 법. 바다를 등지고 강사를 향해 앉아 호흡을 고르는 것으로 운동은 시작됐다. 필라테스 레슨 때 많이 듣던 호흡법을 보드 위에서 다시 들었더니 낯설고 어색했던 공기가 편안하고 익숙한 것으로 전환되었다.

잔잔하게 울렁이는 물결에 보드가 절로 리듬을 탔다. 강사를 정면으로 바라보던 수강생들의 보드는 어느 순간 모두 사선을 그리고 있었다. 하지만 보드의 움직임은 그리 중요하지 않았다. 기초 운동 후 옆구리 스트레칭을 하고 허벅지 근육을 당기고 다리 근육을 늘리고 손을 하늘로 곧게 뻗는 등 전신을 움직였다. 필라테스로 단련된 덕분인지 보드 위에서 중심을 잡는 것이 의외로 쉬웠다. 일어나서 하는 동작도 충분히 할 만했다. 다른 수강생을 보니 처음이라는 표현이 무색할 정도로 다들 잘 해냈다. 자신만만하던 나는 오히려 움츠러들었다.

게다가 난해한 동작이 기다리고 있었다. 강사는 보드 중앙에 한쪽 다리로 중심을 잡고 서더니 나머지 한쪽 다리를 들어 중심을 잡고 있는 다리의 허벅지에 갖다 붙였다. 다들 최선을 다해 자세를 취했지만 보드 위에서 한쪽 다리로 균형을 잡기란 쉽지 않았다. 하나둘 바다로 떨어졌다. 넘어지지 않기 위해 집중했지만 어어 하는 순간 첨벙 물속으로 떨어지고 말았다.

바다 위 보드에 몸을 실은 채 운동이라니! 흥미로웠으나 쉽지 않았다. 마지막 동작까지 마친 후 몸에 기운을 빼고 보드를 마룻바닥 삼아 편안히 누웠다. 보드를 스치며 살랑살랑 인사하는 물결, 가만히 땀을 식혀주는 바람, 흔들의자처럼 잔잔히 흔들리는 보드, 귓가를 스치는 공원의 소음. 지금 이 순간, 모든 것이 나를 위해 존재하는 게 아닐까. 한쪽 팔을 이마에 올려 눈을 살짝 가리니 강렬한 태양 아래에서도 견딜 만했다. 보드 위에 누워 전혀 의식할 수 없을 만큼 평온한 바람결에 수면 위를 한 바퀴 빙그르르 돌았다. 이 바다 위에 나 홀로 떠 있는 기분. 한참 동안 누워 호흡을 골랐다. 바다 위에서 하늘과 마주하고 있으니 평화롭기 그지없다. 행복이 뭐 별건가 이런 게 행복이지!

모두가 자유롭고 또 활기가 넘쳤다. 누구나 해맑게 웃었다. 어떤 이에겐 일상이고 또 다른 이에겐 일탈의 장소일 이곳 알라모아나 비치 파크. 각자가 느끼는 공간의 의미가 무색하게 모두의 마음속에는 플루메리아의 향긋함, 파인애플의 상큼함을 닮은 행복이 솜사탕처럼 부풀어 있을 것이다.

별 기대 없이 서프보드 위에 오른 나는 만족스러운 첫 경험을 했다. 그러고서 주말 수업을 냉큼 다시 신청했다. 우연히 시도해본 프로그램 덕분에 나는 하와이와 새롭게 소통했다. 바다 위 요가. 이 낯선 경험은 내게 달콤한 낭만을 선사했고 행복의 폭을 넓혀주었다. 인생에 헛된 경험이 어디 있을까. 몸과 정신이 함께 건강해지는 이 시간이 천상의 휴식 아닐까.

하와이 덕분에 별별 경험을!

PGA 투어

가끔 텔레비전을 보다가 골프 채널에서 멈칫하는 경우가 있다. 골프에 대해 전혀 아는 바가 없고 관심도 없지만 가끔 눈길이 가곤 하는 것이다. 생중계하는 경기를 유심히 보면 맑은 하늘 아래 야자수가 살랑살랑 움직인다. 그렇다. 어김없이 하와이다. 골프 경기를 보는 게 아니라 하와이를 보느라 한참 채널을 고정한다. 귀동냥해 알게 된 필드, 부킹 같은 용어와 '사장님, 나이스 샷!' 같은 우스갯소리 정도나 알까. 아무튼 내게 골프는 그저 스포츠 중 하나일 뿐.

하와이 출장을 앞두고 프로 골퍼인 학선 오빠는 내게 미국 프로골프인 PGA 이야기를 건넸다. 내가 입국하는 다음 날 소니 오픈인 하와이 파이널 라운드가 열린다는 것. 하와이와 관련 있는 것이라면 무조건 관심이 생기는 터라 곧바로 정보를 찾았고 인터넷으로 티켓 예약까지 마쳤다. 국제 대회임에도 티켓이 저렴했다. 하루 관람료가 20불. 나중에 알게 되었는데 대부분 하루 관람료가 3만 원에서 5만 원 사이라고.

그렇게 하와이는 내게 또 색다른 기대감을 안겨주었다. 열 번이나 다녀왔는데 아직도 새롭고 낯선 것투성이다. 골프에 무지한 나를 구해준 건 동행한 손 실장이었다. 손 실장은 10여 년 동안 나와 함께 일한 포토그래퍼인데 제주도로 터전을 옮긴 후 본격적으로 골프를 시작했다고. 그 역시 국제 대회를 직접 관람하는 건 처음이라며 설레는 마음을 감추지 못했다.

대회가 열리는 와이알레이 컨트리 클럽은 더 카할라 호텔 앤드 리조트와 나란히 붙어 있다. 첫 경기 시작 시각은 오전 10시 20분. 골프 경기를 직접 보는 것이 처음인 우리는 관람 요령이 없어 너무도 일찍 경기장에 도착했다. 대회 시작까지 한 시간 넘게 남은 덕분에 입장객이 많지 않았다. 수월하게 입장 후 골프장 기프트숍에 먼저 들렀다. 대회를 기념하는 다양한 제품이 구비되어 있었다. 자연스레 지갑이 열렸다. 손 실장은 기념으로 모자를 샀다. 그 모자는 경기 내내 손 실장의 머리 위에서 역할을 다했다.

경기에 참여할 선수들 명단에 한국 선수도 있었다. 프로골퍼 양용은, 임성제, 강성훈을 비롯해 한국 출신으로 보이는 선수가 몇몇 눈에 띄었다. 특정 선수를 응원하러 온 건 아니었지만 이왕 한국 선수들이 선전하면 좋겠다고 생각했다. 선수들이 연습하는 모습을 지켜봤다. 누가 누군지 알 길이 없었다. 손 실장은 선수들이 착용한 모자에 스폰서 로고가 있으니 그걸 바탕으로 선수를 추측하라며 팁을 줬다. 그러던 중 하와이스러운 드라이버 커버가 눈에 들어왔다. 선수들의 연습에 방해가 되지 않도록 소리가 나지 않는 카메라 어플을 이용해 슬쩍 촬영해뒀다. 각 라운드마다 갤러리들이 편히 앉아 볼 수 있는 자리가 마련되어 있었다. 또 카트가 다니는 길 곳곳에는 대회 스폰서 기업 홍보 부스가 있었고 다양한 먹거리도 판매 중이었다. 시원한 커피를 마시고 싶었지만 뜨거운 커피뿐이어서 모닝 맥주로 대신했다. 골프라는 운동은 보고 즐길 것이 넘치는 스포츠였다!

24개 그룹으로 나눠진 팀은 1번 홀과 10번 홀 두 곳에서 경기를 시작했다. 맥주를 든 우리는 10번 홀 관람석에 앉았다. 나는 손 실장에게 궁금한 것을 끊임없이 물었다. 경기를 관람하려면 뭐라도 알아야 보는 재미가 있을 것 같았다. 선수들이 공을 칠 때 사용하는 드라이버가 조금씩 다른데 무슨 차이인지, '파(par, 기준 타수 개념)'는 무슨 뜻인지 등. 호기심이 일 때마다 묻고 궁금증이 풀리자 경기에 조금 더 집중할 수 있게 되었다.

한국 선수 대부분은 제주 출신이었다. 진행자가 선수를 소개하며 '제주 아일랜드' 출신이라고 말할 때마다 제주에서 온 손 실장은 엄청난 환호를 보냈다. 선수가 샷을 날릴 때면 조용히 하라는 팻말을 든 요원이 등장했다. 일순 넓디넓은 골프장에 개미 한 마리 없는 듯한 적막이 흘렀다. 인기 선수들은 라운드마다 갤러리들이 수백 명씩 몰려 응원했다. 그 덕분에 인기 선수가 속한 그룹인지 아닌지

와이알레이 컨트리 클럽, 오아후

알 수 있었다.

편히 앉아 경기를 관람했을 뿐인데 세 시간쯤 지나니 몹시 피곤했다. 도보로 3분 거리에 있는 카할라 호텔에서 점심을 먹기로 하고 자리에서 일어났다. 점심 때가 지난 시각이었으나 늘 붐비는 호텔이라 그런지 레스토랑마다 만원이었다. 호텔 내 돌핀 퀘스트에서 돌고래의 재롱을 보며 시간을 보내고 플루메리아 비치 하우스를 찾아 클럽 샌드위치와 타코로 여유 있게 식사를 마쳤다.

경기가 하이라이트에 달하는 오후 세 시쯤 다시 골프장을 찾아 18번 홀로 향했다. 막 자리를 뜨는 커플 덕분에 좌석을 차지한 우리는 남은 경기를 편히 관람했다. 상위 그룹의 18번 홀 경기가 이어졌다. 미미한 차이로 순위가 바뀌거나 선수 여럿이 공동 순위에 오르는 등 전광판 순위표가 엎치락뒤치락했다. 선수들이 17번 홀에서 샷을 날리면 18번 홀 쪽으로 날아오는데 그때마다 환호와 탄식이 번갈아 터졌다. 18번 홀은 모래로 된 벙커도 있고 지형에 굴곡이 많았다. 버디를 할 수 있는 좋은 위치에 공이 멈추면 우레와 같은 환호가 터졌다. 공이 모래 벙커에 빠지거나 카메라가 설치된 구석으로 또르르 굴러떨어지면 갤러리들은 마치 세상을 잃은 듯 한탄했다.

네다섯 조의 경기만 남았을 때쯤 강성훈 선수가 포함된 그룹의 경기가 펼쳐졌다. 그는 내내 선전했고 10위 안에 이름을 올렸다. 한국인으로서 매우 흥분되기 시작했다. 끝까지 집중한 강성훈 선수는 공동 8위로 경기를 마무리했다.

절정에 이른 한낮의 열기를 먹구름이 살짝 잠재웠다. 빗방울이 조금씩 떨어지는가 싶었으나 하늘도 중요한 경기임을 알았던 걸까. 다행히 여우비로 그쳤다. 경기의 1위가 결정되는 순간 무지개가 그림처럼 펼쳐진다면 이보다 더 완벽한 순간은 없으리라는 생각이 스쳤다. 마지막 한 조의 18번 홀 경기가 남았을 때 무심코 하늘을 향해 쓱 고개를 들었다. 무지개가 18번 홀 앞으로 그림 같은 모습을 드러내기 시작했다.

2018-19시즌 PGA 투어 소니 오픈 인 하와이 1위로 매트 쿠차가 확정되는 순간 마지막 라운드를 가득 매운 갤러리들은 열렬히 환호했다. 대포 같은 렌즈를 장착한 카메라 셔터가 여기저기서 터졌다. 매트 쿠차는 쓰고 있던 모자를 벗어 흔들며 갤러리들에게 감사를 전했다. 내년에 또 만나길 바란다는 장내 사회자의 목소리가 유쾌하게 울렸다.

1위 매트 쿠차와 2위 앤드류 퍼트넘은 공식 기록실로 이동해 자신들이 체크한 기록과 공식 기록을 대조한 뒤 경기를 최종적으로 마쳤다. 기록실 앞에는 인터뷰를 위해 방송 관계자와 설레는 표정의 아이들이 일렬로 줄을 서 있었다. 아이들은 선수들의 사인을 받기 위해 기다리는 것이었다. 그 라인에는 오로지 아이들만 입장할 수 있다고. 미래의 프로 골퍼를 꿈꾸는 새싹들에게 영영 잊지 못할 추억을 선물하다니 참으로 멋진 관행이자 배려가 아닌가!

무지개는 1위가 결정되고 갤러리들의 환호가 사라질 때까지 선명한 색과 완벽한 타원의 모습으로 경기장을 장식했다. 무엇이든지 기대 이상이던 경기 관람을 마친 후 서둘러 골프클럽을 빠져나왔다. 나오는 길에 앞서가는 캐디를 만났다. 그런데 캐디가 들고 있던 골프 가방에 매트 쿠차라는 글씨가 새겨져 있었다. 손 실장은 선수만큼 중요한 사람이 캐디라며 그가 바로 오늘의 우승자를 만든 숨은 공로자라고 했다. 그러더니 그 하와이 로컬 캐디에게 함께 사진을 찍을 수 있는지 정중히 물었다. 캐디는 흔쾌히 포즈를 취했다. 손 실장과 캐디의 기념사진을 찍어주다가 캐디가 들고 있던 골프 가방 쪽으로 시선을 옮겼다. 아니, 이럴 수가! 경기 시작 전 눈길을 사로잡았던 하와이스러운 그 드라이버 커버가 매트 쿠차의 것이었다니. 여러모로 완벽한 하루였다는 느낌이 오래도록 지워지지 않았다. 하와이 덕에 나는 참 다양한 경험을, 특별한 사람을 만난다.

헬기에서 본 나팔리 코스트, 카우아이

Part 3

이게 바로 알로하 스피릿

카일루아 코나, 빅 아일랜드

축제 속으로 걸어 들어가다

함께 즐긴다는 것

한국으로 돌아갈 날이 며칠 앞으로 다가왔다. 이번에는 하와이에 머물며 빡빡한 업무를 소화하느라 정신이 없었다. 모든 일정이 마무리된 오후, 숨을 좀 돌려볼까 하고 저녁 산책에 나섰다. 길거리에 걸려 있는 플래카드 한 장이 눈에 들어왔다. 이틀 뒤 큰 축제가 열린다는 것. 이제껏 지나던 거리 곳곳에 걸려 있었지만 바쁜 일정 탓인지 전혀 보지 못하고 그제야 본 것이었다.

축제가 열리는 날짜와 시간은 내가 인천행 비행기를 타야 하는 타이밍과 절묘하게 일치했다. 하와이에서 열리는 몇몇 축제를 이미 여러 번 봤기에 그냥 포기할 법도 했지만 왠지 그러고 싶지 않았다. 오아후와 이웃섬에서 동시에 열리는 축제였다. '그래, 이번 기회 아니면 또 언제 보겠어, 축제 기간에 맞춰 다시 올 수 있지 않을 테니까'라며 나는 당장 항공사에 일정 변경을 요청했다. 오로지 축제를 보기 위해서.

축제는 하와이를 한 왕국으로 통일한 카메하메하 왕을 기리는 축제였다. 남의 나라 왕을 위한 축제 때문에 귀국 일정까지 변경하는 내 모습에 웃음이 났다. 이 나라 사람들이 축제를 즐기는 방법, 그게 내심 궁금했고 보고 싶었다. 단순히 먹고 마시며 즐기는 축제와 달리 조금은 특별한 무언가가 있지 않을까 기대되었다. 카메하메하는 하와이 원주민 왕국의 초대 대왕이다. 추장이었던 그가 하와이 내 모든 섬을 정복하고 통합해 왕조를 창시한 것. 그러니 하와이안들에게 카메하메하는 특별한 존재임이 분명했다. 게다가 축제 개최 100주년을 기념하는 해이기도 했다. 그러니 하와이에 며칠 더 머물 수밖에.

축제는 카메하메하의 탄생일인 6월 11일에 모든 섬에서 동시다발적으로 이뤄진다. 오아후 시내와 빅 아일랜드 코할라 지역에 있는 그의 동상에는 손으로 하나하나 엮어 만든 꽃 '레이'를 거는 '레이 세리머니'와 플라워 퍼레이드가 진행된다고 했다. 나머지 섬에선 퍼레이드가 전부라고. 나는 그걸 보기 위해 하와이에 남았고 빅 아일랜드 코나에 있었다.

퍼레이드는 코나의 와이키키와도 같은 알리 드라이브에서 열렸다. 도심의 풍경이라곤 찾아볼 수 없는 시골 작은 마을의 중심, 그것도 2차선 도로에서 말이다. 코나는 카메하메하가 마지막 여생을 보낸 곳이다. 퍼레이드를 하는 구간 안에 그가 마지막 숨을 거둔 집이 있다. 이렇게 의미 깊은 곳에서 카메하메하를 위한 축제가 열린다니! 하늘에서 이 모든 걸 내려다보며 카메하메하는 꽤나 흐뭇하지 않을까?

퍼레이드는 오전 아홉 시부터 시작되었다. 좋은 자리를 선점하려고 한 시간이나 일찍 나갔지만 사람들이 어찌나 부지런한지 이미 도로 양쪽은 인파로 꽉 차 있었다. 먼저 나온 이들은 삼삼오오 모여 앉거나 챙이 넓은 모자를 쓰고 담벼락에 걸터앉아 축제를 기다리고 있었다. 도로변 인도에 몇 겹씩 둘러앉은 사람들을 보자 마음이 급해졌다. 좋은 자리를 찾겠다고 서두르는 건 나뿐만이 아니었다. 뒤늦게 도착한 사람들은 번뜩이는 눈으로 적당한 자리를 찾느라 분주했다. 퍼레이드가 진행되는 도로 입구에서부터 꽉 찬 인파는 도로 끝까지 이어졌다. 엉덩이를 붙일 만한 공간에는 모조리 누군가가 앉아 있는 상황. 어디 분명 남들이 찾지 못한 자리가 있을 거란 작은 기대를 하고 카일루아 피어 쪽으로 향했다.

훌리헤이 궁전을 지나 반얀 트리 한 그루가 도로를 지키고 있는데 그 나무 앞 돌담 위에 자리가 남은 듯했다. 편히 앉을 순 없었지만 서서 퍼레이드를 지켜보기엔 명당인 듯했다. 사진 찍기에도 알맞은 장소 같았다. 더 이상 고민하지 않기로 했다. 퍼레이드 시작을 몇 분 남겨두지 않았을 때는 대포같이 생긴 큰 카메라 렌즈를 든 아저씨 몇몇이 옆에 둥지를 트기 시작했다. '오, 사진 찍기 좋은 자리가 확실해'라며 쾌재를 불렀다.

열 시가 되자 레이디 앤드 젠틀맨으로 시작하는 안내 방송이 흘렀다. 하와이에는 아직까지도 왕족의 핏줄이 이어져오고 있다. 노란 소방차 뒤로 카메하메하의 가족들 즉, 로열패밀리들이 입장하며 퍼레이드의 막이 올랐다. 퍼레이드에는 지역 내 공공 기관을 비롯하여 다양한 기관과 기업이 참여했다. 사람이건, 자동차건, 말이건 꽃으로 화려하게 장식하여 저마다의 색깔을 드러냈다. 할아버지 악단의 흥겨운 연주에 이어 기관 및 단체장들이 오픈카를 타고 등장. 그들은 시민들과 관광객들에게 손 흔들며 인사했다. 이 지역에 있는 한 호텔은 대형 트럭을 개조하여 무대를 만들었다. 꽃이 가득한 무대 위 신나는 훌라 공연에 눈을 뗄 수 없었다.

사람들의 박수를 독차지하는 팀이 나타났다. 'Daughters of Hawaii(하와이의 딸들)'이라는 피켓을 들고 있었다. 숙소로 돌아와 찾아보니 하와이 정신과 문화를 보존하는 단체로, 하와이 내에서 가장 존경받는 단체란다. 여성 일곱 명이 새하얀 드레스를 입고 손을 흔들며 행진해나갔는데 그들이 착용한 신발에 눈길이 갔다. 모두 흰색 신발이긴 했지만 샌들 아니면 슬리퍼가 전부였다. 한국에서 상상할 수 없는 축제용 신발 아닌가!

하와이 여덟 개 섬을 대표하는 여왕과 공주들이 입장했다. 각 섬을 상징하는 색깔의 드레스와 다채로운 꽃으로 한껏 치장한 그들 덕분에 퍼레이드는 절정에 올랐다. 빅 아일랜드는 붉은색, 마우이는 분홍색, 오아후는 노란색, 카우아이는 보라색, 몰로카이는 녹색, 라

카일루아 코나, 빅 아일랜드

나이는 오렌지색, 니하우는 하늘색이 섬을 나타내는 색이라고. 공주들은 한결같이 디즈니 영화 속 젊은 미녀처럼 아름다웠고 여왕들은 기품이 넘쳤다. 아주 곱게 치장한 그들이 퍼레이드의 진정한 주인공 같았다. 꽃이나 조개로 만든 레이는 물론이고 의상 역시 예사롭지 않았다. 드레스를 양쪽으로 길게 늘어트리고서 말을 타는 모습에 시선을 뗄 수 없었다. 이 무더운 날 치렁치렁 긴 스커트가 불편할 법도 한데 말 위에서 우아한 자태를 유지하다니! 공주들은 길거리를 가득 메운 사람들에게 여유 있게 손까지 흔들어주며 끝까지 미소와 품격을 잃지 않았다. 행진하는 내내 흐트러지는 모습이라곤 전혀 찾아볼 수 없었다. 하와이의 전통을 이토록 굳건히 지켜나가고 있다는 자부심과, 더불어 축제를 진정으로 즐기는 듯한 희열이 느껴졌다.

퍼레이드는 한 시간가량 계속되었다. 왕을 기리는 자리였지만 엄숙함보다 정겨움이 넘쳤다. 한창 행진하던 축제 참여자도 인파 속에서 지인이 보이면 서슴없이 다가가 인사를 나누고 이야기를 나눴다. 주민과 관광객 모두 서로에게 고마운 마음을 전하고 한데 어울려 근사한 순간을 즐겼다. 100주년이라니까 뭔가 거창하고 특별한 행사가 준비되었겠지 했던 내게, 이들은 시간과 숫자에 연연하는 대신 일상을 즐기고 나누며 자신들의 문화가 무엇인지 제대로 보여줬다. 평범함 속에 존재하는 특별함이란 이런 시간을 가리키는 거겠지. 왕을 기린답시고 로열패밀리만 내세우지 않는, 모든 이가 함께 즐기는 축제. 하와이안 본연의 모습이었다.

파머스 마켓은 절대 놓칠 수 없지!

힐로에서 만난 보석

뻥이요! 소리가 들리면 귀를 틀어막고 있다가 먹먹함이 조금 가실 때쯤 고소한 향내 진동하는 뻥튀기를 한 움큼 쥐고서 아작아작 씹는 재미를 아시는지. 뻥튀기 아저씨가 있는 시골 시장은 언제 가도 즐겁다. 자주 가진 못하지만 갈 때마다 거북이걸음으로 시장을 백배 즐긴다. 연세 지긋한 분들은 시골 시장도 분위기가 옛날 같지 않다고 하지만 푸근한 정은 여전히 남아 있다.

여행지에서 만나는 시장도 마찬가지. 장소만 바뀌었을 뿐 사람 사는 맛이 이런 거지 싶은 재미로 그득하다. 장이 서는 장소, 매대 위 물건, 모여 있는 상인까지 특별할 것 하나 없는 시골 장터일 뿐인데.

하와이 전 섬에서는 요일마다 각 지역의 파머스 마켓이 열린다. 명칭이 영어로 바뀌어도 시장이 주는 편안함은 매한가지다. 아무리 일정이 삐걱대고 피곤해도 파머스 마켓은 하와이 여행에서 놓칠 수 없는 엄청난 기쁨. 크고 작은 파머스 마켓 가운데 여행객을 주 고객으로 삼는 마켓도 분명 존재한다. 그런 마켓은 현지에서 가장 유명한 전통 시장으로 알려지곤 한다. 그러나 막상 들르면 붐비는 관광객 속을 헤매다 정신만 쏙 빼놓게 되기 일쑤다.

빅 아일랜드 힐로에서 열리는 힐로 파머스 마켓은 하와이 섬 중에서도 가장 많이 회자되는 마켓이다. 일주일 내내 열리는 까닭에 현지인과 여행객 모두 즐겨 찾는 마켓. 힐로라는 도시가 가진 이미지와 마켓 분위기가 참 잘 어울린다. 많은 사람들이 힐로를 하와이의 두 번째 수도라고 칭하지만 힐로 중심가는 도심이라고 표현하기 민망할 정도로 아담하다. 왠지 시간이 3, 40년 전쯤에 머물러 있는 듯한 풍경. 빌딩 숲이 즐비한 오아후와는 달리 단층 건물이 대다수고 높아봤자 2, 3층 높이의 건물이 드문드문 보일 뿐이다. 세월의 때를 고스란히 간직한 목조 건물들은 강산의 변화도 무심하게 만든다.

전통 오일장을 떠올리게 하는 팔각지붕 아래 펼쳐진 마켓에 다가가니 풋풋한 채소에서 흙냄새가 난다. 어느 집 정원에서 막 뽑아온 듯한 꽃 한 송이에서는 상큼한 기운이 풍긴다. 제철 열대 과일은 색이 어찌나 또렷하고 다양한지! 먹어보지 않아도 꿀맛인 걸 알 수 있다. 가격은 또 얼마나 착한지 모른다. 하나를 사면 다른 하나를 덤으로 맛볼 수 있고 서너 개쯤 더 넣어주기까지 하는 후한 인심. 판매자들은 이것저것 계속 물어보는 손님이 귀찮을 만도 한데 시종일

관 싱글벙글하다. 손님이 살까 말까 망설이는 듯하면 하나라도 더 팔려고 애쓰는 대신 조용히 기다려주기도. 그 배려가 오히려 지갑을 열게 만든다.

이른 아침 직접 재배한 채소를 가져온 챙 아저씨, 갖가지 과일을 먹기 좋게 포장해서 나온 크리스 할머니, 직접 양봉한 꿀이라며 시식을 권하던 무차스, 무스비와 도시락을 만들어 팔던 엠마는 상쾌한 아침 기운과 따뜻한 미소를 함께 건넸다. 엠마의 도시락은 막 지은 듯 고슬고슬한 밥 위에 에그 스크램블과 스팸 두 조각을 올린 것이었다. 스프링 롤은 한입에 베어 먹기 힘들 정도로 컸는데 속에 든 채소가 아삭아삭 매우 신선했다. 크리스 할머니는 손님이 과일을 고르면 그 자리에서 주스를 만들어줬다. 설탕이나 시럽 한 방울 없이 오렌지와 파인애플을 갈아 만든 생과일 주스는 달곰했다.

주섬주섬 음식을 사서 길 건너 피크닉 테이블에 아침상을 차렸다. 마켓 앞으로 힐로항이 있었지만 마켓 풍경이 보고 싶어 항구를 등지고 앉았다. 시장 구경, 사람 구경을 하며 세월아 네월아 하다 보니 아침 먹는 속도가 평소보다 훨씬 느렸다. 난생처음 본 사람을 보며 혼자 피식 웃기도 하고, 그러다 웃음결에 밥 한 톨 툭 튀어나와도 즐거웠다. 마켓 안은 분주하기만 한데 나 홀로 한없이 느긋한 느낌. 상인들의 표정을 주시했다. 남들보다 더 팔기 위해 경쟁하지 않을뿐더러, 가져온 물건을 모조리 팔겠다는 욕심 따위 없어 보였다. 외모는 투박하고 거칠지언정 내면은 보드랍고 따스한 것이 무엇이

(위) 마쿠우 파머스 마켓, 빅 아일랜드　(아래) 힐로 파머스 마켓, 빅 아일랜드

든 다 내주는 땅의 기운을 담고 있었다. 그렇게 땅을 일구어 마음을 채우는 힐로 농부들을 보며 나도 온몸에 여유와 기쁨을 채웠다.

힐로 파머스 마켓에 다녀오고 며칠 뒤, 지역 잡지에서 처음 보는 마켓에 대한 기사를 접했다. 여행객은 그냥 지나치기 쉬운 곳이었는데 현지인들 사이에서 꽤 핫한 마켓이 열린다나. 다른 마켓과 비슷비슷해 보였지만 묘하게 끌리는 구석이 있었다. 마켓은 힐로 도심에서 20여 분 정도 떨어진 키아우와 파호아 사이, 한 공터에서 열리다고 했다. 마쿠우 파머스 마켓. 일요일 아침 느지막이 움직였더니 이미 공터 한쪽은 주차된 차로 꽉 찼다. 시장이 내뿜는 음식 냄새에 홀려 한시 바삐 시장을 휘젓고 싶었지만 마켓에 들어서려는 차량 행렬로 속도를 낼 수 없었다. 입장료는 차량당 1달러. 차량이 붐벼 마켓 입구와 멀리 떨어진 곳에 주차할 수밖에 없었다.

마켓 입구에는 시선을 확 사로잡는 화분이 떡하니 놓였다. 변기를 재활용해 만든 화분이었다. 마르셀 뒤샹의 〈샘〉 만큼이나 흥미로운 발상이라고 여기며 마켓에 들어섰다. 점심시간을 앞둔 시각. 오후 두 시면 끝나는 마켓은 활기가 클라이맥스에 이른 듯했다. 중국 골동품 시장에는 없는 게 없다더니 이곳 역시 마찬가지였다. 힐로에서 생산되는 식재료와 다양한 요리는 기본이고 세계 각국의 희귀 아이템이 다 모인 듯했다. 각 나라의 정체성을 보여주는 공예품이 즐비했고 인도식 마사지를 받을 수 있는 곳도 있었다. 단순한 파머스 마켓이 아닌 것 같아 입이 저절로 벌어졌다. 찬찬히 곳곳을 돌아보다가 마켓에 대한 비밀을 풀었다. 현지인의 참여로 이뤄지는 마켓이긴 하지만, 해외에서 빅 아일랜드로 이주했거나 잠시 머무는 이들이 판매자 중 절반이라고. 덕분에 마켓에는 다국적 다양성이 서려 있었다.

팬케이크와 먹기 좋게 포장된 열대 과일을 사서 배를 채웠다. 그렇게 사람 구경, 물건 구경을 하다가 신명 나는 연주 소리에 이끌려 발길 닿는 대로 가니 어느 밴드가 눈앞에 있었다. 청아하고 톡톡 튀는 악기 소리와 연주자들이 맞춰 입은 알록달록 무지개색 의상이 조화로웠다. 나무로 만든 악기가 선사하는 맑은 소리에 나도 모르게 어깨가 들썩들썩. 연주자들도 흥을 주체하지 못하고 다양한 퍼포먼스를 보여줬다.

몇 분에 걸친 연주가 끝났다. 청중들이 앞다투어 팁을 냈다. 나 역시 감사한 마음으로 지갑을 열었다. 기분 좋게 연주를 들었으니 몇 달러가 조금도 아깝지 않았다. 우연히 알게 되어 찾은 파머스 마켓에서 내 평생 가장 유쾌하고 기분 좋은 연주를 들었다. 중독성 있는 그 멜로디가 정말 맘에 들어서 영상을 찍어두고 생각날 때마다 다시 보고 있다. 통통 튀는 악기 소리와 멜로디는 마켓에 모인 여러 인종, 다양한 출신의 청중을 하나로 만들어주는 또 하나의 언어였다.

파머스 마켓에 모인 사람들의 왁자지껄한 소리만큼이나 현장감 가득한 멜로디가 이 세상 또 어디에 존재할까. 마켓에서 들었던 몇 분간의 연주에는 작은 시장을 근사한 축제로 만드는 놀라운 힘이 실려 있었다. 게다가 그 선율은 마켓의 추억을 바로 어제 겪은 일처럼 생생하게 되살리는 마술을 부리기도 했다.

투박해서 더 가치 있는, 다듬어지지 않은 원석 같은 매력이 가득한 파머스 마켓. 파머스 마켓은 다 거기서 거기라는 사람이 있다면 말해주고 싶다.

"한 번 가고 두 번 가고, 자꾸자꾸 가봐. 그때그때 다 달라!"

더욱 격렬하게 아무것도 하지 않기

코나라는 소확행

2층짜리 오래된 쇼핑몰 몇 개, 허름한 레스토랑, 호텔, 콘도가 알리 드라이브 길을 따라 오밀조밀 모여 있는 카일루아 코나. 카메하메하 왕이 노년을 보낸 작은 집터가 마을의 시작을 알리기도, 항구로 들어오는 낯선 여행자를 반기기도 한다. 호텔과 리조트는 대부분 2, 3층. 높아야 5, 6층 정도. 최신 호텔이라곤 아마도 몇 년 전에 생긴 홀리데이 인 익스프레스 앤드 스위트 카일루아 코나뿐. 나머지 숙소는 대부분 몇 십 년은 되었고 오랜 시간 동안 숙성된 매력이 곳곳에서 묻어난다. 호텔과 리조트들은 코나라는 큰 그림을 해치지 않는 위치에 자리한다.

고백하자면 카일루아 코나는 하와이 전 지역에서 내가 가장 사랑하는 곳이다. 아니 내가 선호하는 곳이라기보다 내게 애정을 주고 보듬어주는 곳이라는 표현이 더 적확하다. 무한한 에너지를 가진 충전지처럼 나의 기운을 채워주는 곳이랄까. 빅 아일랜드라고 부르는 것보다 카일루아 코나로 부르는 것이 더 좋은데, 그 명칭을 듣는 것만으로도 배시시 입꼬리가 올라간다.

코나에 머물던 어느 날, 한국에 있는 지인으로부터 연락이 왔다. 지인의 가족 중 하나가 코나에 있는 열방대학에서 봉사 활동 중이라고 했다. 그녀는 3개월간 체류 중인데, 코나가 너무 한적하고 작은 곳이라 따분하기 그지없다며 하소연을 했다고. 그 말에 코나에 머물고 있던 내가 생각났단다. 나라면 자신의 가족을 구원해줄 수 있을 것 같았다나. 그렇게 지현과 안면을 트게 되었다. 전혀 모르던 사이도 해외에서는 순식간에 가까워지게 된다. 카일루아 베이를 바라보며 코나 커피를 나눴다. 지현은 수다가 그리웠는지 처음 만난 내게 그간의 일을 모조리 이야기했다. 그러던 중 그녀가 불쑥 내뱉은 한마디.

"근데 여긴 시골이라 할 게 너무 없지 않아요?"

"네? 특별히 하고 싶은 게 있어요?"

내 질문에 그녀는 딱히 하고 싶은 게 있는 건 아니라고 답했다. 코나에서 즐길거리가 아무것도 없다는 그녀의 말을 인정할 수 없었지만 그렇다고 부인할 수도 없었다.

빅 아일랜드의 다운타운이라고 해도 코나는 작은 시골 마을이 맞다. 어업보단 관광업으로 생업을 이어가는 주민들이 많은 아담한 마을. 느긋한 걸음으로 어슬렁어슬렁 동네를 걷다 보면 여행객 현지인 할 것 없이 누구나 먼저 인사를 건네는 곳. 수요일에는 항구와 바다 사이에 정박하는 대형 크루즈를 볼 수 있다. 크루즈가 선박할 수 있을 만한 규모가 아니기에 바다에서 항구까지 소형 배로 사람을 실어 나르는 것이다. 마이클 아저씨는 항구 둑에 앉아 향긋한 플루메리아를 하나하나 손으로 엮어 레이를 만든다. 그러고서 '알로하' 하며 꽃잎을 건넨다. 노란색 플루메리아를 왼쪽 귀에 꽂고 다시 길을 걷는다. 플루메리아를 귀에 꽂을 땐 기혼이라면 왼쪽, 미혼은 오른쪽에 꽂아야 한다.

길에서 우연히 만난 주민들은 아무렇지 않은 듯 대화를 이어간다. 여행객이 불쑥 그 대화에 합세하기도 한다. 마을 아이들은 물놀이가 지겨울 법도 한데 마치 난생처음 물놀이하는 것처럼 신이 나 있다. 그들은 아이답지 않은 서핑 실력을 자랑하기도 한다.

때로는 낚시꾼 옆에 조용히 앉아 어떤 물고기가 잡히나 기다려본다. 도로의 낮은 턱이나 난간 등을 의자로 삼아 잠시 숨을 고른다. 북적거리는 식당에서 낯선 이와 합석해 즐기는 식사도 어색하지 않다. 아이언맨 세계 챔피언십 대회의 기념품을 전문으로 판매하는 가게에도 들른다. 오직 코나에서만 살 수 있는 스티커에 두 눈이 반짝. 하얀 첨탑의 모쿠아이카우아 교회와 왕족의 휴가지였던 훌리헤에 궁전에서 관광객 행세를 실컷 해보기도 한다. 출출해지면 바식 카페에 들러 아사이 볼로 배를 채우고 또 걷는다. 해안가로 이어진 골목이 보이면 들어간다.

카일루아 피어, 빅 아일랜드

어느새 도착한 매직 샌드 비치. 모래사장에서 발리볼 경기가 한창이다. 난간에 걸터앉아 마음에 드는 팀을 응원하다 보면 시간 가는 줄 모른다. 더위가 심해지면 모래사장 한쪽에 짐을 던져두고 바다로 첨벙. 스치는 파도와 바람이 땀을 식혀준다. 해가 저물 때쯤 커피를 사 들고 코나 인 쇼핑 빌리지에 있는 가든으로 발걸음을 옮긴다. 화려한 원피스가 잘 어울리는 모녀, 서로 다른 피부색을 가진 커플, 다양한 언어를 사용하는 여행자, 얼마나 입었는지 목이 추욱 늘어진 민소매와 반바지 차림의 주민 등이 일몰을 앞에 두고 앉았다. 볕은 바다 너머로 자취를 감추고 이내 초승달을 불러 하늘에 띄운다.

이 평범한 풍경이 매일 반복되는 카일루아 코나. 소소하지만 정겹고 지루하지만 인간미 넘치는 이곳. 무언가 특별한 일을 해야 한다는 여행자의 고정관념이 참으로 무색함을 실감하게 되는 곳. 그저 발길 닿는 대로 눈길 가는 대로 흘러가는 게 자연스러운 곳. 우리는 계획과 목표로 점철되는 일상의 무게를 내려놓고자 여행지를 찾는 게 아니던가. 카일루아 코나에 머문다면 잠시 일상의 태도를, 일정에 쫓기는 여행자의 발걸음을 잊도록 하자.

특별한 그 무언가를 찾기 위해 분주할 필요가 전혀 없다. 어제와 같고 내일과 같을 평범한 하루가 오히려 더 특별하게 느껴지는 날도 있으니까. 넘치지도 부족하지도 않은 시간 속에 존재하던 여유와 행복을 발견했더니, 내 안의 기운이 더욱 충만해졌다. 누군가에게 참 따분하고 심심한 시골 마을 코나는 내게 작지만 확실한 행복 그 자체다.

코나의 밤, 빅 아일랜드

굿 모닝 하와이

부지런한 자의 기쁨

바쁘게 돌아가는 일상 속에서 부지런 떨며 아침 운동을 하기란 쉽지 않다. 기필코 아침 일찍 일어나리라 수십 번 마음먹지만 실상 이른 아침 이불을 박차고 나오기란 불가능에 가깝다. 피트니스 센터나 수영장에 몇 개월 회원 등록을 하고서야 의무감에 겨우 나가던 게 다반사. 그런데 하와이에서는 아침 일찍 저절로 눈이 떠지는 기적이 일어난다. 내가 이렇게 부지런한 사람이었나 싶을 만큼 벌떡 일어나니 놀라울 수밖에.

하와이에 머물면 숙소를 벗어나 야외 활동을 즐기는 일이 자연스럽다. 내가 주로 묵는 숙소에서 한 블록만 걸으면 오바마 전 미 대통령과 프로 골퍼 미셸 위가 졸업한 푸나호우 스쿨이 있다. 명문 사립 고등학교인 이곳은 대학만큼 큰 교정과 트랙이 특히 인상적이다. 알렉산더 필드라고 불리는 운동장은 레인 여덟 개가 천연 잔디

구장을 감싸고 있다. 학생들의 수업 시간을 제외하고는 일반 시민이 이용할 수 있다. 일어나자마자 대충 챙겨 입고 모자 하나 푹 눌러쓰고 나가면 현지 주민이 열심히 운동 중이다. 트랙을 따라 걷고 뛰면서 등교하는 미국 학생들을 보는 것도 참 재미있다. 뭐가 그리 즐거운지 아침부터 신나게 수다를 떨며 걸어가는 학생 무리와 반쯤 감긴 눈으로 터덜터덜 걸어오는 학생까지. 내 학창 시절은 어떠했더라 떠올려본다.

운동부 학생들도 쉽게 만날 수 있다. 혼자서 럭비공을 이리저리 던지는 학생 앞 트랙을 지날 때면 몸이 슬쩍 움츠러든다. 그 긴장함에 위축되기도 하고 혹시 공이 내 쪽으로 튀진 않을까 겁도 난다. 물론 공에 맞은 적은 없다. 학생이 뛰어난 실력과 탁월한 매너를 갖춰서일 테다. 학생들의 모습이 뜸하기 시작하면 내 운동도 마무리가 된다. 이 운동장에서 아침 운동을 마치면 한참 편히 쉬다 온 것처럼 몸과 마음이 가뿐해진다. 학교라는 공간이 주는 활력 덕분일까, 천천히 걷거나 뛰며 현지인의 삶에 보다 가까이 선 까닭일까. 분명한 건 덕분에 내 아침 시간이 한결 풍성해진다는 사실이다.

또 다른 아침 일상은 해변에서 시작된다. 종종 호텔에 투숙할 때면 해변 산책로를 따라 느긋하게 걷는 것을 즐긴다. 해변에서 맞이하는 아침은 학교 운동장 분위기와 사뭇 다르다. 호텔을 나서면 일찍부터 움직이는 관광객이 많다. 호텔 피트니스 센터가 있어도 그보단 야외 활동을 선호하는 것이다. 머리가 희끗희끗한 어르신부터

카이마나 비치, 오아후

혈기 왕성한 젊은이까지. 한 손에 모닝 커피를 들고 출근하는 직장인도 풍경 안에 들어온다. 관광객과 현지인이 한데 어울려 시작하는 하와이의 아침은 눈부시다. 햇살 한 줄기가 모두에게 찬란한 조명이 되고 파도 소리, 새소리는 싱그러운 비지엠이 되어준다. 마음만 먹으면 언제든지 바다로 풍덩 하고 뛰어들 수 있고, 모래사장 위 타월 한 장으로 오롯한 내 세상이 펼쳐진다. 공원의 나무도 잔디도 이제 막 잠에서 깬 듯 이슬을 머금고 푸릇푸릇하다. 태양이 작열하는 한낮과는 달리 투명하게 반짝이는 아침.

해변은 학교 운동장보다 더 이른 시간부터 분주하다. 사람들의 운동 종목도 다양하다. 축 처진 배도 아랑곳하지 않고 과감히 상의를 벗고서 달리는 중년 남성. 무릎이 아픈지 남편의 보호를 받으며 걸어가는 모습이 소녀 같은 부인. 잔디에서 요가를 하는 그룹. 바다 위에서 서핑을 즐기는 서퍼. 이 모든 사람들과 어우러져 일과를 시작하는 청소부. 공원 관리인, 카페 주인도 웃으며 알로하, 굿 모닝 인사를 건넨다. 열심히 조깅하는 커플도, 비치 앞에서 스트레칭을 하며 끙끙거리는 아가씨도 이른 아침 비치를 배경으로 촬영에 정신없는 방송팀도. 특별할 것 없는 이들의 일상, 흔하디흔한 풍경이 나의 시선을 붙잡는다.

와이키키에서 해변 산책길을 따라 다이아몬드 헤드 방향으로 올라가면 갈수록 펼쳐지는 또 다른 삶의 풍경에 발걸음을 되돌리기가 쉽지 않다. 차로 이동한다면 놓칠 풍경인데 걸으면서 보니 모든

게 눈에 들어온다. 조금 더 가보자 하고 걷다 배꼽시계가 꼬르륵하면 물 몇 모금 들이킨다. 하다 하다 도저히 허기를 참을 수 없을 때 그제야 발걸음을 돌린다. 호텔로 돌아오는 길에 위치한 몇몇 카페는 이미 만석이다. 카페에서 경쾌한 음악이 흘러나오지만 바람과 파도가 부딪히며 만드는 하모니를 따라올 수 없다. 허기진 배를 채우기 위해 커피 한 잔과 샌드위치 하나를 사 잔디에 털썩 주저앉았다. 여느 카페보다 황홀한 나만의 카페가 그렇게 와이키키에 펼쳐진다.

하와이에서 즐기는 아침 운동은 단순히 몸의 건강을 챙기려는 노력이 아니다. 그뿐만 아니라 정신과 마음에 풍요로움을 더하는 시간이다. 스스로에게 활기를 선물하는 이 아침 운동이 감사하고 소중한 이유다. 이른 아침 여우비 내린 후 와이키키 상공을 수놓는 커다란 무지개도, 공원에서 열심히 가동 중인 스프링클러 물줄기 사이로 떠오르는 작은 무지개도 해변을 따라 걸을 때 만나는 산책 친구다.

샌스 수시 스테이트 레크리에이셔널 공원, 오아후

꼭 다시 찾자던 그 마음을 기억해

당신과의 약속

"마우이에 다시 오게 되면 이쪽으로 숙소를 잡자."

한낮의 더위가 한풀 꺾일 시각, 나필리 비치에 누워 있던 남편이 말했다. 그늘을 드리우는 나무 아래에서였다. 늦은 오후라 인적이 드물었다. 바람이 조금 강하게 불었지만 견딜 만했다. 저 멀리 몰로카이 섬이 선명하게 보였다. 비치 근처 콘도는 내 나이보다 훨씬 더 오래된 듯했다. 부대시설은 작은 수영장 하나가 전부였다. 대신 깨끗하게 정돈된 잔디는 무척 보드라웠다. 그 위를 장식한 비치 체어가 바다와 마주하고 있었다. 책을 읽는 사람, 선탠을 하는 사람 모두 편안해 보였다. 화려한 인테리어와 최고급 서비스를 자랑하는 대형 호텔과는 전혀 다른 느낌이었다. 남편은 다시 한 번 말했다.

"다음에 마우이에 다시 오면 꼭 저기서 묵자."

3년 후 남편의 말대로 함께 그 숙소를 찾았다. 나필리 선셋 비치 프론트 리조트. 한 동에 방이 열 개인 건물이 총 세 채. 오래된 숙소라는 건 익히 알고 있었고 바로 앞에 나필리 비치가 있다는 것도 이미 알고 있었다. 혹시 너무 열악한 환경이면 어쩌지 잠시 고민했지만 체크인을 하기 위해 프런트를 찾았다. 그런데 아무리 두리번거려도 프런트가 보이지 않았다. 리조트 간판이 서 있는 길 건너에 프런트가 있다고 했는데 하필 프런트 오피스 방향 표시등 앞에 커다란 트럭이 주차되어 있었던 것. 이리저리 서성거리는 우리를 구해준 건 어느 모녀였다. 리조트 이름을 말하며 오피스를 찾는다고 하니 갑자기 바로 앞 라나이에 나와 있던 중년을 가리켰다. 눈 뜨고도 장님이라더니 중년이 머무는 그곳이 바로 리조트 프런트가 있는 건물이었던 것. 덕분에 체크인을 무사히 마쳤다.

114호. 묵직한 목재 문에 적힌 숫자가 흑백영화 속에나 나올 법한 느낌이었다. 짐을 옮기는 남편을 뒤에 두고서 먼저 문을 열었다. 침대가 하나뿐인 방이라 단출할 거라 예상했지만 엄청난 객실이 기다리고 있었다. 완벽한 주방에 구비된 식기를 보니 몇 달이라도 지낼 수 있을 듯했다. 벽에는 리조트 주변 풍경을 담은 그림이 걸렸고 소파가 조금 촌스럽긴 해도 객실과 꽤 어울렸다. 또한 거실에서 바라본 바깥 풍경이 압권이었다. 거실 창 너머에는 라나이가 있어 언제든 나가 주변을 둘러볼 수 있었다. 창문 양 끝부분은 통창이었고 가운데 부분만 미닫이식 새시였다. 창을 여니 작은 테이블과 의자가 놓였다. 노랗고 빨간 꽃이 아기자기하게 핀 화단 앞으로 아름

나필리 선셋 비치 프론트 리조트, 마우이

드리 나무가 서 있었다. 나무 옆 비치 체어는 일렬로 바다를 향했다. 비치 체어에서 일어나 그대로 달려나가면 나필리 비치였다. 다른 객실과 달리 우리 객실 앞을 지키는 건 작고 아담한 2층 건물인 이 리조트를 모두 덮을 수 있을 만큼 큰 반얀 트리였다. 뿌리에서 시작된 줄기를 따라 두 갈래로 나뉘었고 한 갈래를 따라 시선을 옮기면 또 두 갈래로 세 갈래로. 나무는 양옆으로 펑퍼짐하게 자라고 있었다. 얼마나 오랫동안 이 자리를 지키고 있었을까. 나무 한 그루가 주는 위안이 엄청났다. 넋 놓고 감상에 젖은 사이 짐을 모두 나른 남편도 곁에 와 섰다. 몇 해 전 그가 했던 제안은 역시 탁월했다.

때마침 배꼽시계가 울렸다. 라나이 테이블에 근사하진 않지만 포장해온 요리를 세팅했다. 마치 한 폭의 그림 같은 풍경을 목전에 두고 저녁 식사를 마쳤다. 파도 소리가 지배하던 그 순간에 심취한 우리는 아무 말도 하지 않았다. 무슨 말을 꺼냈더라도 거센 파도 소리에 묻혀 온전한 대화를 나누긴 힘들었으리라.

짙은 구름 사이로 해가 저물고 어둠이 깔린 바다를 비추는 건 해변의 리조트에서 새어 나오는 불빛뿐이었다. 라나이에 나와 있던 투숙객들이 바람을 피해 객실 안으로 모두 들어갈 때까지 우린 조용히 밤바다를 즐겼다. 우렁찬 파도 소리와 밤하늘의 뿌연 구름만이 온 세상을 채운 듯했다.

파도 소리가 내 마음 어느 한구석을 두드렸던 걸까. 그날 밤은 괜스레 잠들 수가 없었다. 내 마음을 아는지 파도 역시 밤새 쉬이 잠들지 못했다. 새벽 내내 뒤척이다가 다음 날 아침이 밝자마자 라나이로 향했다. 거센 파도가 여전했다. 때는 3월. 우기에서 건기로 바뀌는 시기라 피부에 닿는 바람이 찼다. 파도는 숙소를 향해 돌진할 듯이 거침없었다. 먹구름은 여전히 하늘에 가득했고 멀리 어렴풋이 보이는 몰로카이 섬은 구름 모자를 쓰고 있었다. 먼바다에서 밀려오던 파도는 하얀 거품이 되어 부서졌다. 부서지고 부서지면서 또 한 번 만들어내는 물결. 파도를 따라 물보라가 일었다. 그 거친 기세에 해변의 모래마저 더욱 잘게 부서지는 듯했다.

모두가 말을 잃었다. 우리 부부는 물론이고 옆 집 부부도. 산책을 즐기던 노신사, 청소하던 숙소 직원까지 말없이 바다만 바라보았다. 높은 파도가 마냥 신기한 아이들과 건장한 서퍼들만이 아침 바다의 주인공이었다. 향긋하게 내린 커피 한 모금이 절실해졌다.

3년 전과는 전혀 다른 인상의 바다였다. 내가 머무는 여행지의 모든 날들이 완벽한 날씨일 수는 없다. 찾을 때마다 색다른 모습을 보고 느끼는 것 또한 여행의 묘미일 테고. 을씨년스러운 날씨도 나쁘지 않았다. 자연의 소리에만 오롯이 귀 기울이며 사색에 잠기기 딱 좋은 날이었다. 대자연과 하나가 된 것처럼 느껴졌던 이곳에서의 며칠은 최고급 리조트보다 훨씬 더 그림 같은 날들을 선물했다. 눈을 감으면 선명하게 떠오르는 그 그림은 지금 우리 부부의 노트북 바탕 화면을 채워주고 있다.

너 이방인이지?

원주민의 섬 몰로카이

해마다 하와이로 떠났지만 관심조차 두지 않았던 섬이 있다. 지금은 사람의 발길을 허락하는 곳이나 한때는 누구도 찾지 않고 머물던 사람마저 떠나고자 했던 섬. 바로 몰로카이다. 하와이의 모든 섬을 몇 번씩 들르는 동안 이상하게도 몰로카이에는 관심이 가질 않았다. 몇 가지 흥밋거리는 있었지만 자석처럼 강렬하게 이끄는 무언가가 없었던 것.

나와는 인연 없는 섬인가 보다 했지만 가이드북 작업을 시작하면서 가보지 않을 수가 없었다. 드디어 이틀 정도 짬을 내 들르기로 했다. 공항인지 공영 주차장인지 모를 작디작은 몰로카이 공항에는 현지인이 반, 관광객이 반이었다. 동양인은 찾아볼 수 없었다. 공항 앞에 유일한 렌터카 사무소에서 차를 빌려 나오니 'Aloha, slow down Molokai(알로하, 몰로카이에서는 느긋하게)'라는 환영 문구가 눈에 들어왔다.

몰로카이는 원주민이 전부라는 말이 있을 정도로 하와이안의 자취가 많이 남은 곳이다. 사람들 첫인상도 오아후와는 딴판이었다. 조금 더 건장하고 다부져 보였고 피부색도 더 검게 그을린 듯했다. 관광객이 많은 다른 섬과 달리 이방인을 좀 더 경계하는 것도 같았다. 눈빛이나 표정이 때론 차갑게 느껴졌다. 어쨌든 여느 섬과 다른 몰로카이가 흥미롭게 다가왔다. 하와이안의 전통적인 삶을 엿볼 수 있지 않을까 하는 생각도 들었다.

미리 계획한 동선대로 핸들을 움직였다. 칼라우파파 국립공원이 내려다보이는 전망대에 도착했다. 무서울 만큼 강한 바람이 반겼다. 멀리 집들이 옹기종기 모여 있는 마을이 까마득하게 보였다. 마을 앞쪽에서 높은 파도가 일렁였다. 마을 뒤 해식 절벽은 오를 수도 없을 만큼 높고 가팔랐다. 오래전 저 마을에는 탈출의 꿈조차 꿀 수 없던 사람들, 한센병에 걸린 이들이 격리되어 있었다. 사실상 이 작은 섬에 버려진 사람들은 저마다의 고통을 안은 채 지옥 같은 삶을 연명해야 했다. 손가락이 썩어가고 얼굴이 뭉그러져도 서로를 보듬으며 버텼던 사람들. 때로는 새 생명이 태어나는 희망도 맞이했지만 끝내 죽음으로부터 벗어날 순 없었다. 이들을 보살핀 사람은 이방인이던 외국인 신부 다미안이다.

벨기에 출신의 다미안 신부는 1860년 예수와 마리아의 성심 수도회에 입회하여 호놀룰루에서 사제 서품을 받고 1873년 몰로카이로 파견을 지원했다. 다미안 신부는 한센병 환자의 적대감과 조롱에 굴하지 않고 자신의 신념을 지키며 헌신했다. 몸과 마음이 아픈 사람들과 함께 살며 그들의 보호자이자 친구가 되었고 결국 자신도 한센병으로 생을 마감한 다미안 신부. 몰로카이는 폐쇄된 섬이었지만 다미안 신부로 인해 평화를 상징하는 섬이 되었다. 다미안 신부는 이후 시성되었고 '하와이의 아버지'라 불리며 후세 사람들의 칭송을 받는 성인이 되었다.

섬을 떠날 수 없던 사람들과 다미안 신부를 떠올리며 한참 더 운전했다. 커피 생각이 간절해져 '커피 오브 하와이'라는 카페에 잠시 들렀다. 몰로카이에서 유일한 커피 농장 겸 카페였다. 카페는 마을의 커뮤니티 센터 역할도 겸하고 있었다. 커피 한 잔을 산 뒤 테이블에 앉았다. 오후엔 이곳에서 무슨 행사가 있는 듯 직원으로 보이는 남자 서넛이 분주하게 움직이고 있었다. 그중 한 사람은 계속 기타 연주만 했다. 자리를 가까이 옮겨 연주를 들었다. 연습을 하는 모양인지 같은 소절만 켜다 말다를 반복했다. 그 모습이 재미있어서 "영상을 찍어도 되냐?"고 허락을 구했다. 그는 흔쾌히 수락했다. 그렇게 몇 분이 흘렀다. 커피를 들고 자리에서 일어서려는데 연주하던 남자가 대뜸 말한다.

"너 이방인이지?"

이방인이라니! 나는 이곳에서 나고 자란 사람이 아니니까 이방인이 맞긴 하지. 내가 물었다.

칼라우파파 전망대에서 내려다본 칼라우파파 국립공원, 몰로카이

"어떻게 알았어?"

"여긴 모든 것이 느린데, 너는 아니잖아."

그의 말에 몰로카이 공항 앞에서 본 'Aloha, slow down Molokai'라는 환영 문구가 다시금 떠올랐다. 내가 그렇게도 서둘렀단 말야?

유명한 빵집 카네미츠 베이커리에서도 마찬가지였다. 매장에 들어섰을 때 직원들은 모두 다른 업무 중이었다. 찬찬히 가게 안을 둘러보며 기다려도 응대하는 직원이 없었다. 몇 차례 "익스 큐즈 미"를 외친 뒤에야 빵을 살 수 있었다. 주인장처럼 보이던 여자는 계산 끝에 덧붙였다.

"여기서는 천천히 기다리면 돼."

속도를 낮추고 한 템포 느리게. 빠르게만 돌아가는 한국에서의 삶에 길들어져 '천천히'의 의미를 아예 잊어버렸나 보다. 신호등이 하나도 없는 마을, 언제나 느긋한 여유가 감도는 곳, 매사에 천천히 임하는 사람들. 몰로카이의 속도에 자연스레 몸을 맡기려면 얼마나 많은 날을 이곳에서 보내야 할까 생각했다. 성 다미안 신부처럼 천천히 자신을 낮추고 낮춰 몰로카이의 시간에 온몸을 맡길 수 있을까. 그러기엔 나는 너무 겁이 많았고 돌아가 처리할 일도 많았다. 아직 나는 멀었나 보다, 하며 다시 떠날 채비를 했다.

카하나모쿠 비치, 오아후

Part 4

그 여자의 여행법

더 호놀룰루 뮤지엄 오브 아트 스팔딩 하우스, 오아후

혼자라서 더 좋아

우아하게 즐기는 브런치

저마다의 목적과 사유로 여행을 떠나는 사람들. 나 역시 일상으로부터 탈출하듯 어딘가로 떠나곤 했다. 돌이켜 보니 처음 하와이 여행에 나섰을 때 아무 생각이 없었다. 특별한 일을 해야겠다는 계획도 의욕도 없었다. 어리바리 여행을 마친 뒤 하와이에 대해 어렴풋이 알게 되었고 뭘 해보겠다거나 어딜 가보겠다는 소소한 버킷 리스트가 늘었다.

지상낙원 하와이에서의 느긋한 휴식. 누구나 한 번쯤 꾸는 꿈이 아닐까. 하지만 짧은 휴가 일정에 얽매이면 휴식은 오히려 사치에 가깝다. 비치에서 느긋한 오후를 보낸다거나, 온종일 쾌적한 호텔에서 뒹굴거린다거나 하는 게 거의 불가능하니까.

여느 때와 마찬가지로 알람 없이 눈을 뜬 하와이에서의 아침. 산책을 빙자한 운동으로 하루를 시작했다. 출근길에 나선 직장인,

유치원이나 학교에 가는 아이들, 차창 밖으로 여행지를 구경하기 바쁜 관광버스 속 인파, 잠에서 덜 깬 얼굴을 하고서 액티비티 픽업 차량에 오르는 관광객이 거리에 가득하다.

부지런히 투어 차량에 오르는 관광객을 본 까닭일까. 산책하는 내내 '오늘 뭐 하지?'라는 고민에 휩싸였다. 꽤나 심오한 사유의 과정을 거쳐 내린 결론은 혼자서 우아한 하루 보내기. 고상하고 기품 있으며 아름답게. 반드시 무슨 일을 해야 한다는 강박과 시간에 쫓기지 않기. 늘 북적이는 해변에서 벗어나 그렇게 느긋한 하루를 보내고 싶었다.

숙소로 돌아와 짐 속에서 화려한 꽃무늬 원피스를 찾아 단장했다. 챙겨오면서도 이걸 내가 과연 입을까 싶던 원피스를 입게 되다니. 그러고도 조금 아쉬워서 머리 한 가닥을 곱게 땋았다. 평소 취향과 달라도 너무 다른 꽃무늬 원피스에 어색한 헤어스타일까지. 거울 속에 낯선 여자가 서 있었다. 적잖게 당황했지만 우아한 하루를 보내기로 했으니 그대로 외출을 감행했다.

점심시간이 다가오고 있었다. 나 홀로 브런치 타임을 즐기기로 마음먹었다. 먼저 호놀룰루 뮤지엄 스팔딩 하우스를 찾았다. 호놀룰루 뮤지엄이 본관이라면 스팔딩 하우스는 별관 정도 되는 곳. 사실 이곳은 내가 알고 있는 한 오아후에서 가장 비밀스러운 공간이다. 숙소에서 차를 타고 10분가량 언덕길을 오르면 '마키키'라는 곳이 나온다. 대중교통으로 찾아가긴 힘든 곳이라 현지인도 차를 가지

스팔딩 하우스 카페, 오아후

고 방문했다. 전시 공간과 카페, 그리고 정원을 갖춘 이곳에 들어서면 나도 모르게 걸음이 느려졌다.

전시관보다 카페에 먼저 들렀더니 역시 영업 전이었다. 발길을 돌려 야외에 설치된 작품을 훑어보며 사진을 찍다가 내부 전시실로 향했다. 관람객은 오직 나뿐. 미술관을 전세 낸 것 같았다. 조선시대 병풍과 한국 작가의 작품에 홀로 심취했다. 흐뭇한 표정으로 동선을 따라가며 사진도 여러 장 찍었다. 옷도 갖춰 입었겠다, 아무도 없겠다, 예술과 사랑에 빠진 것마냥 과감하게 포즈를 취했다. 누가 봤다면 참으로 민망한 상황이 연출되었을 테지만 그럴 염려는 없었다. 지극히 개인적인 전시를 즐기고 나와 진짜 비밀의 정원과 마주했다. 곳곳에 조각품이 전시되었고 나무 그늘도 충분했다. 게다가 잔디가 얼마나 풍성한지 맨발로 걸어도 아프지 않을 정도였다.

영업을 시작한 카페에 들어섰다. 짝지어 앉아 있는 몇몇 손님 사이를 나 홀로 우두커니 걸어가 자리를 잡으니 직원이 "혼자냐?"고 재차 물었다. 혼자 오는 손님 처음이냐고 물으려다 혼자 먹을 수 있는 브런치 메뉴와 에이드를 주문했다.

주문한 음식이 테이블 위에 놓였다. 토르티야가 제법 먹음직스러웠다. 신선한 샐러드 위 소스와 에이드가 상큼했다. 맛난 음식으로 기분을 돋우니 주변의 소음도 달갑게 들렸다. 한쪽에서 학부모 모임이라도 하는 듯 동서양 엄마들이 한데 어우러져 있었고, 그 앞으로 아이들이 모여 모래 놀이 중이었다. 내 테이블 뒤로는 노부부가 앉았다. 그들은 뛰노는 아이들을 보며 자식들의 어린 시절을 회상하는 대화를 나눴다. 말미에 노신사는 부인에게 "Thank you(고마워)"라고 덧붙였다. 내 마음에도 감동이 전해져 흘끗 돌아볼까 하다가, 그들의 오붓한 분위기를 해칠까 싶어 꾹꾹 음식만 삼켰다.

나도 누군가와 함께라면 어땠을까. 잠시 감상에 젖었지만 홀로 보내는 하루도 훌륭했다. 맛있는 음식, 멋진 전시, 비밀의 정원을 혼자 누릴 수 있으니까. 몇몇 손님이 더 들어왔다가 다시 카페를 떠나는 동안에도 나는 자리를 지켰다. 천천히 에이드를 다 마신 후 아메리카노를 추가로 주문했다. 카페 옆 아트숍 시곗바늘은 이미 늦은 오후를 향하고 있었다. 햇살은 더 부드러워졌고 공기는 한층 차분해졌다. 커피를 들고 다시 정원으로 향했다. 조금 전 카페에서 음료를 주문하던 커플이 나무 그늘 아래에 앉아 그림 같은 풍경을 만들고 있다.

몽키팟 나무가 만든 그늘에 잠시 앉았다. 아무것도 하지 않고 그저 조용히 앉아 시간을 보내기로 했다. 맑게 지저귀는 새소리가 들린다 싶더니 머리 모양이 모히칸족 스타일인 새 한 마리가 코앞에 왔다 갔다 했다. 숨죽이고 시선으로만 새의 움직임을 좇았다. 앞에 앉은 커플이 언뜻 보였다. 이제 막 시작되는 연인의 수줍음과 설렘이 고스란히 느껴졌다. 시럽 한 방울 넣지 않은 아메리카노 한 모금이 달콤하게 넘어갔다.

대단한 브런치 맛집을 찾은 것도, 값비싸고 특별한 메뉴를 고른 것도 아니었지만 완벽한 한 끼였다. 허기를 달래줄 음식과 음료, 커피는 15불이 채 되지 않는 금액. 누군가는 하와이까지 가서 왜 그리 시간을 허투루 보내느냐고 할지 모르겠다. 하지만 나름의 비밀스런 시공간에서 마주한 사람과 풍경 그 모든 것이 내겐 최고의 휴식이었다. 나를 에워싸고 있던 여유와 온기는 고스란히 나를 따라와 남은 여행에 활기를 더했다.

하와이 맥주의 마법

진하고 씁쓸한 잔향

기내에서 한숨도 못 잤다는 남편은 숙소에 도착하자마자 내리 네 시간을 잤다. 몇 번이나 일어나려 애쓰는 듯했지만 잠에 취한 듯이 좀처럼 깨어나지 못했다. 억지로 깨우는 게 무슨 소용일까 싶어 기다렸다. 일어날 때가 되면 일어나겠지 뭐!

숙소를 나온 건 레스토랑과 펍의 해피 아워가 시작될 즈음이었다. 새로운 곳을 찾아가야 한다는 의무감이나 계획 없이 발길 닿는 대로 움직였다. 자석에 이끌린 듯 칼라카우아 애비뉴에 도착했다. 서울로 치면 명동쯤으로 봐야 할까. 다채로운 언어가 공기를 채웠다. 바람 품은 야자수는 하늘을 캔버스로 삼은 듯 이리저리 허공에 붓질을 했다. 일방통행 도로는 클랙슨 소리 대신 흥겨운 음악 소리를 뿜었다. 우리처럼 거리를 서성이는 여행객이 많았다. 다들 어디에 그리 정신이 팔렸는지 행인끼리 부딪히기 일쑤. 그래도 눈을

마우이 브루잉 코 와이키키, 오아후

마주치며 미소 짓는 것으로 일단락한다. 처음 본 사람이 어깨를 스쳐도 언짢지 않다. 모르는 이와의 눈인사가 어색하지 않다. 와이키키를 활보하는 사람들의 눈동자는 잔잔한 수평선처럼 평화롭다. 저녁을 먹기엔 다소 이른 시각이었지만 노천 레스토랑은 이미 분주했다. 테이블 위에 맥주와 와인, 먹음직스러운 피자, 크림을 잔뜩 올린 조각 케이크 따위를 두고 도란도란 대화하는 사람들 모두 행복해 보였다. 우린 마우이 브루잉 펍으로 발걸음을 옮겼다.

2017년 칼라카우아 애비뉴를 찾았을 때 묘한 설렘을 느꼈다. 거리를 밝히던 묵직한 은색 간판을 보았던 까닭이다. 바로 마우이 브루잉 펍 간판이었다. 2015년 두 번째 마우이 여행 때 선셋 세일링을 한 적 있다. 바다를 점점 물들이던 붉은빛. 밤의 문을 두드리던 그 오묘한 기운. 마우이에서의 선셋 세일링은 말로 표현할 수 없을 만큼 황홀한 경험으로 내게 각인되었다. 당시 세일링은 성인 전용 투어였는데 알코올이 무제한으로 제공되었다. 원하는 만큼 칵테일이나 맥주를 마실 수 있었지만 아름다운 일몰을 앞에 두고 마냥 취할 수 없어 자제했더랬다. 해가 다 기울고 나서야 좀 마셔볼까 하며 진열된 맥주를 살폈다. 마우이 브루잉이라는 하와이 맥주 회사에서 출시하는 '코코넛 포터'를 그때 처음 보았다. 달콤하면서도 쌉싸름한 흑맥주의 맛이 무척이나 깊었다. 이후 마우이 브루잉 앓이가 시작되었다.

여행에서 돌아오는 길이면 마트에 들러 코코넛 포터 맥주를 몇 캔 사서 보물처럼 짐을 꾸렸다. 귀국하면 아끼고 아껴 특별한 날에만 한 캔씩 꺼내 마시곤 했다. 눈 씻고 찾아봤더니 서울에도 코코넛 포터를 파는 곳이 딱 한 곳 있었다. 태평양을 건너온 탓에 맥주 가격이 만만치 않았다. 하와이에서처럼 부담 없이 즐길 순 없어도 가뭄에 단비 같았다. 그런데 기쁨도 잠시, 맥주 판매가 저조해 수입처에서 수입을 중단해버리고 말았단다. 코코넛 포터에 대한 애정은 주류 판매업을 시작하겠다는 의지로 이어졌지만 너무도 복잡한 일이라 포기할 수밖에 없었다.

남편은 오아후에 새로 생긴 이 펍을 처음 방문하는 것이었다. 나는 펍을 남편을 위해 직접 개장한 것처럼 으스대며 매장으로 향했다. 커다란 술통같이 디스플레이가 된 엘리베이터에서 내리니 익숙한 음악이 라이브로 흘러나왔다. 직원이 청량하게 웃으며 자리로 안내했다. 우리 부부는 칼라카우아 애비뉴를 향해 나란히 앉아 탁 트인 하늘을 바라봤다. 곧바로 코코넛 포터부터 주문했다. 차가운 물방울이 송송 맺힌 유리잔이 테이블에 놓였다.

"캬아, 역시 생맥주가 진리야. 캔맥주와 차원이 달라."

"어쩜 이렇게 시원할까. 좋다, 좋아!"

한 잔은 남편과 함께 보내는 네 번째 하와이 여행의 축포. 또 한 잔은 고단한 남편의 피로 회복제. 안주도 없이 몇 잔을 내리 마셨다. 몇 년 사이 새단장을 마친 마우이 브루잉 본점 생각이 떠올랐다.

마우이 브루잉 본점은 와이키키의 펍과는 전혀 다른 분위기다. 도로 양쪽으로 길게 뻗은 나무 사이를 씽씽 달리다 보면 길 끝에 조용하게 서 있는 단층 건물. 벽면에 새겨진 마우이 브루잉 로고가 반갑다. 건물 앞 주차장은 이미 복잡하다. 양조장 앞 먹거리라곤 푸드 트럭 두 대뿐이었는데 어느새 번듯한 펍이 된 본점. 그게 다 코코넛 포터의 뛰어난 맛 덕분이라고 생각한다.

마우이 브루잉 본점 공기 중에는 맥주 효모가 둥둥 떠다니고 있는 게 아닐까. 숨만 쉴 뿐인데도 이곳의 에너지에 취할 것 같다. 펍에는 마우이 브루잉의 머천다이징 제품도 다양하게 구비되어 있다. 특히나 예쁜 티셔츠에 눈길이 자꾸 간다. 직원은 그런 나를 웃으며 바라보고 있다. 마음 같아선 이것저것 사고 싶지만 고민 끝에 하나를 고른다. 'Hi*! I LOVE YOU'라고 적힌 하늘색 티셔츠 두 장을 사서 남편과 나눠 입기로 한다.

울창한 나무가 감싸고 있는 펍은 맥주를 생산하는 양조장과 이어진다. 양조장으로부터 나온 빨간 파이프는 펍의 다양한 맥주 탭을 통해 콸콸 쏟아진다. 통유리 너머의 양조장에는 엄청난 크기의 술통이 나란히 줄 서 있다. 그 많은 술을 누가 다 마실까. 보는 것만으로도 배가 절로 부르다. 펍 안에 남은 테이블이 몇 개 되지 않는

* Hi: '안녕'을 뜻하는 영단어 'Hi'와 하와이(Hawaii)의 약어 'Hi'를 동시에 의미한다.

다. 운 좋게 풍경을 내다보기 좋은 자리가 우리를 기다리고 있다. 실력 좋은 가수는 기타를 치며 공연 중이고, 몇몇 아이들은 잔디밭을 놀이터 삼아 논다. 뛰노는 아이들 너머 저 멀리 초승달 모양의 섬 몰로키니도 보인다. 반대쪽 야자수 사이로 뉘엿뉘엿 해가 진다.

마우이 브루잉 펍은 자유롭다. 펍 안의 사람들은 연신 싱글벙글이다. 밝은 기운이 펍 안을 가득 채운다. 피자와 맥주, 이와 곁들일 타코를 주문한다. 펍을 한 바퀴 돌고 오니 주문한 안주가 나왔다. 코코넛 포터를 시작으로 마나 휘트, 비키니 블론드 등 마우이 브루잉에서 생산하는 다양한 맥주를 즐긴다. 술잔을 비울 때마다 몸도 마음도 말랑말랑해진다. 이곳의 생맥주는 캔에 포장해갈 수 있다. 마우이에 머무는 동안 마실 양만큼 주문한다.

"코코넛 포터 1리터짜리 다섯 캔 포장해주세요."

통 큰 주문에 담당 직원이 엄지손가락을 치켜세워 보인다.

한국에서의 나는 맥주를 그리 즐기는 편이 아니다. 때때로 가볍게 한두 잔 마시지만 배가 금방 부르기도 하고 화장실을 재촉하기도 해서 귀찮은 술이다. 그런데 하와이 마트나 편의점의 주류 코너만 가면 왜 그렇게 행복해질까. 하와이 맥주가 무슨 마법이라도 부리는 걸까. 그저 바라보는 것만으로도 기분이 좋아진다. 진열된 맥주의 라벨을 구경하는 것도 정말 즐겁다. '이거 참 예쁘다, 저건 라벨 디자인이 좀 바뀌었네?, 이건 새로 나왔나 봐, 무슨 맛일까'라며 맥주

앞을 떠날 줄 모른다. 최근에는 지역별 맥주가 유행처럼 번져 하와이 내 브루어리도 다양해졌다. 한국에도 꽤 알려진 빅 웨이브의 제조사 코나 브루잉, 내 사랑 마우이 브루잉은 물론 알로하, 와이키키, 라니카이 등 각 브루어리 브랜드마다 독특한 맛과 향을 자랑한다. 맥주의 정체성을 담은 다양한 라벨 디자인도 시선을 사로잡는다.

사람들은 저마다 다른 하와이의 매력을 발견한다. 어떤 이는 우쿨렐레에 푹 빠지기도 하고, 또 다른 이는 서핑에 사로잡혀 헤어나지 못한다. 내겐 진하고 씁쓸한 하와이 맥주 한 잔이 유독 깊은 잔향을 남긴다. 벤저민 프랭클린이 한 말에 깊이 공감한다.

"맥주는 신이 우리를 사랑하고 우리가 행복하기를 바란다는 증거다."

그렇게 나는, 그리고 당신은 코코넛 포터로 행복하다.

오아후에서 이슬람을 만나다

하와이의 미술관

"하와이에 미술관이 있었어?"

"하와이까지 가서 왜 하필 미술관이야!"

유럽으로의 여행을 앞두고 있다면 누구나 박물관과 미술관에 들르는 일정을 계획할 것이다. 그런데 왜 다들 하와이의 미술관은 외면할까. 내 말에 지인들의 반응은 보통 이런 식이다. 예술 자체에 관심이 없다거나, 화려한 휴양지에서 굳이 정적인 곳을 찾을 이유가 있느냐고 반문하거나. 그렇지만 장담한다. 해변의 눈요깃거리 때문에 하와이의 미술관을 놓친다면 적잖게 후회할 거라고.

호놀룰루 뮤지엄은 교과서나 티비를 통해 보고 듣고 해보았을 유명 작가들의 작품을 소장하고 있다. 뿐만 아니라 하와이 현대 미술 전반과 흐름을 파악할 수도 있다. 전시된 작품에 대해 반드시 잘 알아야 할 필요는 없다. 미술관 내 레스토랑에서 시간을 보내도 좋

더 호놀룰루 뮤지엄 오브 아트, 오아후

고, 기프트숍에 들러 아트 상품이나 그림책을 봐도 좋다. 이밖에도 호놀룰루 뮤지엄이 좋은 이유는 수없이 많지만 미국 내 박물관과 미술관을 통틀어 최초로 한국 전시실을 마련한 곳이라는 점이 가장 의미 있다.

토스트로 간단히 아침을 해결하고 호놀룰루 뮤지엄을 찾았다. 미술관에서 운영하는 샹그릴라 투어에 나서기로 한 날이었다. 하와이에서 이슬람 문화를 느껴볼 수 있는 이색 투어였다. 여유 있게 도착해 체크인을 미리 하고 미술관을 둘러봤다. 개관 시간 전이라 볼 수 있는 공간이 제한적이었으나 미술관 특유의 여유로움이 전해졌다. 투어는 개별 관람객의 방문이 불가능한 곳에서 진행되는 터라 사진 촬영조차 허락되지 않았다. 참가자 중 한국인은 나뿐이었다.

버스를 타고 카할라 방향으로 20여 분 달렸을까. 너무도 뜻밖의 장소에 영화에서 나올 법한 저택이 서 있었다. 버스는 스윽 위로 열리는 출입문을 통과해 길을 따라 달렸다. 길 양쪽에 키 큰 나무들이 즐비했다. 꽤 비밀스러운 공간이라는 생각이 들었다. 버스가 멈췄다. 반얀 트리가 가운데에 있고 버스가 내려온 길을 제외한 나머지 세 방면은 모두 벽이 가로막고 있었다. 그중 두 벽면 중심에는 굳게 닫힌 문이 있었다. 철저한 보안 속에 자리한 저택. 투어에 대한 기대치가 한껏 상승했다.

"알로하!"

어느 여인의 아리따운 목소리가 주의를 환기했다. 그녀는 차분한 톤으로 관람 시 주의사항을 이야기했다. 스무 명 남짓한 인원은 두 그룹으로 나눠졌다. 가이드로 보이는 여성 한 명이 더 나타났고, 나는 아리따운 목소리의 그녀를 따라 이동했다.

굳게 닫혀 있던 문이 천천히 열렸다. 눈앞에 전혀 다른 세상이 펼쳐졌다. 공간은 다채로운 타일이 채우고 있었는데 빛을 반사하여 형형색색 화려하게 반짝였다. 한국어 오디어 가이드가 있었다면 참 좋았겠다 생각하며 가이드의 설명에 귀를 기울였다. 샹그릴라는 도리스 듀크가 살던 저택이다. 담배와 에너지 사업으로 부를 축적한 아버지를 일찍 여읜 뒤 막대한 유산을 물려 받은 도리스 듀크. 그녀는 1935년 결혼 후 신혼여행으로 세계 일주를 떠났다고. 그러던 중 이슬람 문화에 매료되었는데, 신혼여행 마지막 방문지였던 하와이에도 홀딱 반했단다. 이곳의 따스한 기후와 아름다운 대자연에 매료된 그녀는 다이아몬드 헤드가 보이는 땅을 사들여 이슬람 전통 문화와 예술 양식대로 샹그릴라를 지었다.

저택은 전체적으로 꽃과 식물을 모티브로 지어졌다. 이슬람 문화의 핵심인 아랍어와 기하학적인 문양을 아름답게 담아내면서도 실용적이기까지 한 것이 인상적이었다. 도리스 듀크는 이슬람 양식의 완벽한 재현을 위해 가구, 인테리어 소품, 건축 자재까지 선박으로 공수해왔다고. 일일이 깎아 만든 창틀, 문, 사소한 소품에도 그녀의 예술혼이 가득했다. 타지마할을 본떠 만든 침실, 벽면을 공예품으로 장식한 욕실, 가장 아끼던 물건으로만 장식한 거실까지 완벽

(위) 샹그릴라 입구, 오아후 (아래) 샹그릴라 정원, 오아후

했다. 특히 카자르 왕조 때의 유화 작품으로 마무리한 벽면은 압권이었다. 가구에 담긴 그녀의 감각 또한 놀라웠다. 저택은 도리스 듀크의 타고난 안목과 이슬람 문화에 대한 깊은 조예가 빚은 거대한 예술품 그 자체였다.

얼이 빠질 정도로 화려하고 기품 있는 공간에 머물다 보니 현실과 약간의 괴리감이 느껴졌다. 특히 정원 풍경은 너무도 생경스러웠다. 누군가 밖에서 보더라도 이곳에 무엇이 있는지 절대 유추할 수 없는 구조였다. 빼어난 조경과 수영장, 저택 앞에 펼쳐진 크롬웰 비치까지. 완벽하게 아름답고 지극히 사적인 이 공간에 마음을 온전히 빼앗겼다. 자신이 사랑하는 모든 것을 가장 은밀한 공간에 고스란히 들인 도리스 듀크. 그녀는 자신만의 방식으로 예술을 향유했다. 친구들을 저택에 초대하고 새소리와 파도 소리에 취한 채 바다로 뛰어들어 수영을 하고 서핑을 즐겼다. 온몸으로 하와이의 대자연이 주는 기쁨을 누렸다. 예술에 대한 듀크의 각별한 사랑은 세상을 떠난 뒤에도 계속되었다. 그녀는 임종 전 자신의 이름을 딴 재단을 설립하여 재산 대부분을 문화 예술계 지원 사업에 남겼다.

제임스 힐턴의 소설《잃어버린 지평선(Lost Horizon)》에서 이상향으로 창안한 도시 '샹그릴라'는 신비롭고 평화로운, 영원한 행복을 누릴 수 있는 유토피아다. 오랜 시간이 흘러 소설 속 가공의 도시는 '지상 어딘가에 존재하는 천국'을 가리키는 대명사가 되었다. 듀크는 오랫동안 이 샹그릴라를 동경했다. 이유와 배경을 막론하고 이곳은 듀크의 지상낙원, 유토피아인 것에는 틀림없다. 누구도 쉽게 다다를 수 없는 이상향으로의 여정, 그 꿈 같은 실현을 샹그릴라에서 보았다.

무료 공연은 무료하지 않아

한낮의 음악회

이올라니 궁전을 찾았다. 첫 번째 하와이 여행 때 들른 이후 3년 만이었다. 궁전은 예나 지금이나 여전히 고고한 자태였다. 아치형 창과 복도가 활짝 개방되어 더욱 반가웠다. 카메하메하 왕, 카피올라니 여왕, 카이울라니 공주 등 하와이 왕가 사람들의 얼굴이 오버랩 되었다.

미국에서 만날 수 있는 유일한 궁전인 데다 빅토리아 피렌체 양식 건물이 아름다워 이곳을 배경으로 웨딩 촬영하는 예비 부부가 많았다. 3년 전에 찾았을 때에는 스냅 사진 찍는 사람들이 간혹 보이는 정도였다. 그런데 드레스와 턱시도를 입고서 공주 왕자 놀이를 하는 듯한 커플만 세 팀을 보았다. 금요일 점심에는 이올라니 궁전에서 음악회가 열린다. '로열 하와이안 밴드'라는 유서 깊은 하와이 오케스트라의 공연이다. 특별한 일이 없는 한 매주 금요일 열두 시

이올라니 궁전 가제보 앞은 공연장이 된다. 의자가 일렬로 놓이고 돗자리가 곳곳에 펼쳐진다.

공연 10분 전에 도착했다. 이미 많은 사람들이 공연장을 채웠다. 대부분 머리가 희끗희끗한 중년배 여행객들이었고 간간이 아이와 함께 나온 주민도 보였다. 밴드 단원은 다양한 악기를 들고 있었다. 단원과 지휘자는 물론 노래를 부를 가수, 훌라댄스를 출 댄서도 각기 다른 의상을 갖추고 공연 준비에 한창이었다. 잉잉 낑낑 악기들도 연신 소리를 내며 몸을 풀었다.

단원으로 보이는 네 사람이 나와 커다란 고둥을 불자 공연의 막이 올랐다. 사회자가 등장하는 사이 누군가 내게 공연 리플릿을 건넸다. 오, 그렇지 않아도 공연 순서가 궁금했는데 땡큐. 연주될 곡을 차례대로 훑어보았다. 내가 아는 곡은 없었다. '오버 더 레인보우' 같은 익숙한 음악 몇 곡쯤 연주된다면 공연을 좀 더 즐길 수 있을 텐데. 그냥 일찍 일어날까 싶은 마음도 들었다. 웅성이던 객석이 숨죽인 듯 조용해졌다. 카메하메하 3세 시절인 1836년에 결성된 로열 하와이안 밴드는 하와이 군주제와의 연결고리이기도 하다. 그래서인지 본격적인 공연 전 하와이 주가부터 연주하곤 한다. 궁전 밖을 걸어가던 행인들이 발걸음을 멈췄다. 웨딩 촬영 중이던 중국인 커플도 공연에 시선을 빼앗겼다.

오케스트라의 연주에 맞춰 훌륭한 댄서가 훌라를 추고, 목소리가 꽤나 중후했던 테너와 소프라노는 함께 가곡을 불렀다. 연주되

로열 하와이안 밴드 공연, 이올라니 궁전, 오아후

는 곡에 대해서는 잘 몰랐지만 알찬 구성이었다. 불어오던 바람결이 음표를 싣고 살랑살랑 떠올랐다. 템포가 빠른 곡이 연주되자 나뭇잎들이 나풀거렸다. 공연이 이어질수록 자리를 떠나는 사람보다 채우는 사람이 늘었다. 점심을 먹으며 공연을 감상하는 이들도 몇몇 보였다. 서너 살쯤으로 보이는 꼬마는 연주에 맞춰 신나는 춤사위를 선보이기도 했다.

공연이 한참 무르익었을 때 익숙한 멜로디가 귓가에 스쳤다. 라디오에서 몇 번 들었는데 이 곡이 뭐더라 곰곰 떠올리니 하와이를 배경으로 한 미국 드라마 〈하와이 파이브 오(Hawaii Five-O)〉의 주제 곡이었다. 열창한 테너의 목소리에 감탄하며 정신이 팔려 있다가 아는 곡이 나오니 매우 반가웠다. 사실 듣고 싶은 노래가 있었다. '알로하 오에*'라는 곡이었다. 혹시 공연 마지막 즈음에 관객의 신청곡 하나 받아주지 않을까 하고 말도 안 되는 생각을 해봤다. 합을 맞춰야 하는 오케스트라 특성상 즉석에서 연주곡 신청을 받을 리 없으니까. 음악은 잘 몰라도 오케스트라의 훌륭한 실력에 다음 곡, 다음 무대가 연신 궁금했다. 공연 시작 전의 마음과 달리 끝날 때까지 자리를 지켰다. 한 시간가량 진행되는 무료 공연이었지만 밴드의 명성답게 꽤 수준 높은 공연이었다.

공연이 끝나고 궁전을 나서는데 이곳에 쓸쓸히 갇혀 지낸 하와이 왕국의 마지막 군주 릴리우오칼라니가 떠올랐다. 그가 직접 만든 곡 알로하 오에의 멜로디가 귓가에 맴돌았다.

* **알로하 오에**(Aloha 'Oe): 하와이 민요. 영화 〈부산행〉 마지막 장면에서 아역 배우가 불러 화제를 모았다.

그들은 다시 이방인이 되었다

몸의 수어, 훌라

훌라는 본래 신에게 바치는 춤이었다. 그런데 요즘은 하와이 곳곳에서 쉽게 만날 수 있는 환영의 춤이 된 듯하다. 알라모아나 쇼핑 센터에서는 무료 훌라 공연이 열리고, 로열 하와이안 센터에서는 무료로 강습도 받을 수 있다. 모아나 서프라이더 웨스틴 리조트 앤드 스파의 반얀 트리 아래에서도 투숙객을 대상으로 무료 강습이 이뤄진다. 할레쿨라니 하우스 위드아웃 어 키에서는 몇 해 전 태풍 때 쓰러진 100살짜리 키아웨 나무 아래서 미스 하와이 출신의 댄서가 라이브 음악에 맞춰 우아한 훌라댄스를 선보인다.

언젠가 꼭 배우리라 다짐했던 훌라. 무료 레슨은 어떻게 진행되는 걸까 궁금해서 로열 하와이안 센터로 향했다. 오후 네 시에 시작된 수업은 거의 막바지였다. 무대 위 강사의 얼굴에 흐뭇함이 서렸고, 서른 명이 넘는 수강생의 손짓과 몸짓에는 자신감이 넘쳤다.

로열 그로브, 로열 하와이안 센터, 오아후

한 시간가량 진행되는 무료 레슨치고는 수준이 꽤 높아 보였다. 짧은 수업 한 번으로 훌륭한 솜씨를 뽐낼 수 있다는 건 참여자들이 훌라 강습을 몇 차례 받아봤거나, 강사가 고급 기술을 알기 쉽게 가르친다거나. 둘 중 하나겠지.

반주로 흘러나오는 노래 가사 중 '후무후무'라는 단어가 귓가에 스쳤다. 후무후무라면 물고기? 작은 열대어인 후무후무는 하와이의 주어(州魚)이기도 하다. 정식 이름은 후무후무누쿠누쿠아푸아아(humuhumunukunukuapuaa). 이름이 긴 것으로 더 유명한 물고기다. 내 속마음을 읽기라도 한 건가. 강사는 이내 후무후무는 물고기라고 말했다. 그러더니 마치 물고기가 이리저리 헤엄치는 것처럼 두 손을 물결 모양으로 흔들었다. 큰 태양을 표현할 때는 두 손을 머리 위로 올려 둥근 원을 만들었다. 바다의 파도, 반짝이는 조개, 열리는 하늘 모두 두 손과 손가락으로 표현했다. 학생들은 살랑살랑 스치는 바람처럼, 부드럽게 노래하는 파도처럼 몸을 움직였다. 이곳을 지나는 여행객들은 발걸음을 멈추고 한참 구경하거나 카메라를 들이댔다.

꽤 즐거운 수업이라고 생각하며 강습장을 한 바퀴 돌았다. 앞에서 볼 땐 사람들의 자신감 있는 얼굴과 몸짓만 보였는데 뒷쪽에서 바라보니 또 색달랐다. 사람들의 움직임이 훨씬 더 분주하고 풍성해 보였던 것. 훌라를 출 때 입는 '파우'를 입지 않은 사람들도 대부분 꽃이나 바다가 그려진 화려한 옷을 입고 있어서 그런지 몸을 움직일 때마다 거대한 풍경이 일렁이는 듯했다. 누군가 다른 방향으로 움직이거나 반 박자 느리게 동작해도 전혀 거슬리지 않았다. 흥미롭던 강습이 끝난 뒤 사람들이 썰물처럼 빠져나갔다.

이제 그만 가볼까 움직이려는 찰나 한 커플의 모습이 눈에 들어왔다. 나처럼 한참이나 훌라 강습을 지켜보던 이들이었다. 커플 중 여자가 대화를 시작하는데 입이 아닌 양손으로 말하고 있었다. 청각장애인인 듯했다. 장애인 기관 일을 10여 년 한 까닭에 어깨 너머로 배운 수어가 몇 가지 있는데, 그녀가 하는 말 중 '나도 하고 싶다'를 읽을 수 있었다. 함께 있던 남자가 이야기를 받는 듯했으나 그의 수어는 이해할 수 없었다.

갑자기 묘한 감정이 밀려왔다. 훌라는 문자가 없던 하와이에서 원주민의 뿌리와 신화를 후세에 전하려고 만든 춤이다. 그러니까 훌라는 몸으로 하는 하와이의 수어나 마찬가지인데 배우고 싶어도 그럴 수 없는 누군가가 있다니. 각국에서 모인 다양한 인종이 더불어 사는 하와이. 그 어느 도시보다 이방인이 많은 이곳에서 훌라를 바라보던 그 커플은 그야말로 이방인이 된 듯 쓸쓸해 보였다.

청춘, 바다에 잠들다

진주만의 눈물

학창 시절 나는 역사 시간에 배우던 전쟁 이야기에 도통 흥미를 느낄 수 없었다. 군대, 무기, 살상 등의 잔혹함은 차라리 잊고 싶은 것들이었다. 고등학교 때 배웠던 제2차 세계대전 내용조차 가물가물하다. 그저 시험과 진급을 위해 꼭 알아야 할 인류사의 주요 사건 중 하나였을 뿐. 그러니 진주만에 관심을 둘 리도 만무했다. 진주만을 찾은 건 아마 하와이로의 다섯 번째 여행 때였나. 웬만한 곳은 다 둘러봤다고 생각되었을 때에서야 진주만이 떠올랐던 것이다.

진주만은 호놀룰루 공항 인근에 자리한다. 덕분에 비행기 이착륙 시 자주 보긴 했다. 하늘 위에서 보는 진주만은 그다지 매혹적이지 않았다. 관심 있게 보지 않는 이상 그곳이 진주만이라는 걸 알아챌 사람은 드물 것이다. 늘 관심 밖에 있던 곳이지만 투어를 한다면 좀 더 뜻깊은 경험이 되지 않을까 싶어서 한국인 가이드 투어를 신청했다. 진주만은 내부 투어를 진행하는 여행사도 일종의 공인된 테스트를 거쳐 선발한다기에 더 믿음이 갔다. 오아후에 있는 여행사 중 진주만에서 공인한 한국인 가이드가 있는 곳은 단 한 곳 뿐이었다.

투어 프로그램은 조식까지 포함되어 있었다. 오아후를 대표하는 커피 전문점인 '호놀룰루 커피 컴퍼니'에서 향긋한 커피와 유명 셰프가 만든 에그 베네딕트, 팬케이크로 기분 좋은 식사를 마쳤다. 특히 팬케이크가 훌륭했다. 하와이에서 먹던 팬케이는 늘 너무 컸는데 이곳의 팬케이크는 크기도 적당하고 부드러웠으며 느끼하지도 않았다. 달콤한 팬케이크를 한입 가득 입에 물자 눈처럼 사르르 녹아내렸다. 커피로 만든 크림 덕분에 풍미 가득. 지역을 대표하는 커피 전문점답게 세계 3대 커피 중 하나인 코나 커피에 대한 설명까지 덤으로 들을 수 있었다.

드디어 진주만으로 출발했다. 진주만은 군사 보안 지역이라 가방을 들고 들어갈 수 없다. 잠시 여행사에 들러 가방을 맡기고 카메라와 약간의 현금 등 꼭 필요한 소지품만 챙겼다. 버스는 재빠른 속도로 와이키키 시내를 벗어났다. 20분 남짓 달리자 도심과 전혀 다른 풍경이 보였다. 제복 차림의 군인들, 굳게 닫힌 철문과 높은 담벼락. 진주만은 등록된 차량만 내부로 진입할 수 있는데 사전에 허가를 받은 버스는 별다른 제재 없이 들어갈 수 있었다. 물론 입구에서 차량 내외부 몇 가지를 체크하긴 했지만.

(위) 생명의 나무, 진주만, 오아후
(아래) USS 애리조나호, 진주만, 오아후

진주만 역사 유적지 방문자 센터 쪽에서 차량 확인을 마친 뒤 다리를 건너 포드 섬에 도착했다. 처음 간 곳은 태평양 항공박물관. 제2차 세계대전 때 사용된 전투기와 오늘날 사용 중인 전투기들이 한자리에 모였다. 가이드가 입장할 수 없는 곳이라 오디오 설명에 의존해야 했다. 아, 전쟁의 전 소리만 들어도 힘든데 전투기라니! 짐짓 걱정스럽게 버튼을 눌렀다. 그런데 실감나는 오디오 가이드 덕분에 태평양전쟁과 그날의 비극을 생생하게 체감할 수 있었다.

1941년 12월 7일 평온하던 일요일. 나는 어느새 그날의 진주만에 서 있는 듯했다. 오디오에서 들리는 이야기를 단 한 구절도 놓칠 수 없었다. 내 눈앞에 있는 항공기가 당시에 어떤 역할을 했는지, 그날 진주만이 어떤 상처를 입었는지 고스란히 그려졌다. 전쟁이란 본래 불시에 일어나는 거겠지만 끔찍한 폭탄 소리가 한없이 여유롭던 일요일의 정적을 깨울 것이라곤 그 누구도 예측할 수 없었을 테다. 야외 박물관인 비행기 격납고에는 전쟁의 흔적이 고스란히 남았다. 벽면과 창 사이사이에 박힌 파편이 그날의 공포를 그대로 보여줬다. 마음이 무거워 걸음도 느려졌다. 대한민국 국기와 한글이 적힌 항공기도 있었다. 군데군데 놓인 고철 덩어리도 눈에 띄었다. 어디에 쓰인 물건일까 궁금해 물어보니 각국의 전쟁 때 사용된 항공기의 잔해란다. 이곳 박물관에서 그 의의와 가치를 높이기 위해 연구 중이라고. 이 일련의 과정들이 국가간 혹은 정부 차원에서 진행되는 게 아니라 민간과 시민 단체에서 주도하고 있다니 더욱 놀라웠다.

빨간 관제탑과 수많은 항공기를 뒤로한 채 미주리호에 승선했다. 미주리호는 한국전쟁에도 출전한, 한국과 인연이 깊은 전함이다. 축구장 서너 배쯤 되는 넓이, 아파트 20층 높이의 미주리호는 1944년 만들어져 이제 고희를 바라보고 있다. 한국전쟁 '흥남철수' 당시 수많은 이들의 피난을 도왔다고. 그 때문인지 배에는 나이 지긋한 한국 노인이 꽤 많이 모여 있었다. 입구에는 미국 50개 주 주기가 하늘을 향해 우뚝 서 펄럭이고 있었다. 전쟁으로부터의 해방감을 단적으로 보여주는 '수병의 키스(V-J Day Kiss)' 조형물, 갑판 위 대포, 일본의 도발과 항복, 미주리호의 활약상, 전쟁의 종결 상황을 담은 전시를 보며 전쟁의 참상을 다시금 느꼈다.

미주리호는 기숙사, 식당, 병원, 우체국 등을 갖추고 있다. 다양한 편의 시설을 보니 이곳에서 청춘을 보냈을 수많은 장병들이 떠올랐다. 위기의 순간에 장병들이 숨어 있었다던 공간도 둘러봤다. 세계의 평화를 지키기 위해 오랜 시간 항해하며 목숨을 바쳤겠지. 일본으로부터 항복을 받아낸 맥아더 장군의 집무실에서는 그의 리더십과, 제2차 세계대전 종결에 얽힌 비하인드 스토리를 들었다. 일본이 전쟁에서 패배했다는 내용이 적힌 서류에 서명하는 문제를 두고도 미국과 일본은 자존심을 지키느라 안간힘을 썼다고. 어느 쪽이 먼저 탁상 앞에 나설지 신경전을 벌였단다. 일본은 한쪽 다리를 절었던 맥아더 장군의 걸음 속도까지 고려했지만 결국 협상 테이블에 먼저 선 쪽은 패배국 일본이었다고 한다.

뮤지엄, 진주만, 오아후

우리를 태운 버스는 다시 긴 다리를 돌아와 진주만 입구에 있는 공원으로 향했다. 애리조나 메모리얼 공원. 일본 공습 당시 가장 많은 사망자를 낸 함대가 바로 'USS 애리조나'다. 함대로 향하기 전 작은 극장에서 20분 남짓 영상물을 시청했다. 영어로 제작된 영상이라 모든 내용을 정확하게 이해할 순 없었지만 전쟁 당시 긴박한 상황은 충분히 와닿았다. 미군 전함 21대와 비행기 188대를 파괴하고 2,400명에 가까운 인명 피해가 발생한 공습. 사망자 중 절반이 바로 애리조나호에 타고 있던 군인이다. 폭탄을 맞은 탄약고가 폭발하면서 수많은 이가 목숨을 잃었다.

영상 시청 후 배를 타고 5분 정도 이동하니 애리조나호에 도착했다. 한국으로 치면 현충원과 같은 곳. 그래서 미국 대통령 당선자는 가장 먼저 이곳을 찾아 예를 갖춘다고. 바다 위에 떠 있는 새하얀 추모관은 당시 배 모습을 재현해 만들었지만, 그 아래 가라앉아 있는 배는 폭격 당시 모습을 그대로 보여준다. 함대 잔해에서는 아직도 기름이 조금씩 흘러나온다. 미국인들은 이를 두고 '검은 눈물(Black Tears)'이라고 부른단다. 1941년 12월 7일 바다에 가라앉은 청춘들의 넋을 달래고 그날을 기억하려는 눈물이 아닐까. 여느 때와 마찬가지로 평화롭기만 하던 일요일 아침, 일본의 침략으로 느닷없이 제2차 세계대전에 참전하게 된 미국. 하와이안, 그리고 미국인들은 바다를 지키던 청춘들의 고귀한 희생이 오늘날 미국을 만들었다고 믿는다.

투어를 마치고 숙소로 돌아온 후에도 감흥은 쉬이 사라지지 않았다. 청춘들 마음처럼 푸르렀던 하늘을 붉은 화약과 희뿌연 연기가 메운 그날의 비극이 자꾸만 떠올랐다. 영화 〈진주만(Pearl Harbor, 2001)〉을 다운받았다. 전쟁 속 청춘들의 우정과 사랑이 더욱 진하게 다가왔다. 영화보다 더 영화 같았을 그날의 공포와 슬픔을 곱씹으며 너무 늦게 진주만을 찾은 내 자신을 조금 자책했더랬다.

일정을 마치고 한국으로 귀국하는 길. 이륙하던 항공기의 바퀴가 묵직하게 접히는 소리가 들리자, 탑승객들은 웅성거리며 하와이를 두고 다시 떠나는 아쉬움을 달랜다. 잊지 않고 내려다본 진주만은 한없이 평화롭다. 그 일요일 아침처럼.

현지인처럼 즐기다

너와 떠난 여행

풍요로운 대자연을 품은 하와이. 그 아름다운 자태에 빠지면 쉽사리 다른 것들엔 눈길이 가지 않는다. 그래서 자칫 놓치기 쉬운 것이 있으니 다름 아닌 하와이 특유의 문화다. 제한된 여행 기간 동안 해야 할 일, 하고 싶은 일은 셀 수 없을 정도이고 현지의 다양한 축제 시기에 맞춰 여행을 떠나면 좋겠지만 어디 그게 말처럼 간단한 문제랴.

친구 아미와 하와이 여행을 떠나기로 했다. 아미와는 사회생활을 하며 만났다. 나처럼 여행 작가 겸 에세이스트로 활동하는 그녀는 이웃사촌이기도 했고, 딩크족(Double Income, No Kids)으로서의 신념을 지키며 생활하는 모습도 나와 비슷했다. 그러한 그녀가 나와 다른 점이 있다면 바로 여행 스타일이다. 오직 하와이에 빠져 사는 나의 모습은 늘 새로운 여행지를 선호하던 그녀에겐 다소 신선했을 터. 그녀는 기회가 되면 꼭 함께 하와이 여행을 하자고 제안했고 드디어 우리의 약속은 지켜졌다. 여행을 무척이나 좋아하던 그녀는 이미 여행 에세이를 몇 권이나 출간한 상태였다. 그녀에게 멋지고 좋은 것만 보여주고 싶은 마음이 출발 전부터 앞섰다. 특히 전생에 인어였을지 모를 만큼 수준급의 수영 실력을 자랑하는 그녀를 위해 '1일 1비치' 방문을 다짐했다. 하와이의 자연과 알로하 정신을 그녀에게 오롯이 드리우고 싶었다.

서로 바쁜 스케줄을 피해 짠 일정대로 출발했다. 여행 기간 중 미국의 독립기념일인 7월 4일이 포함되는 엄청난 행운이 따랐다. 독립기념일 기념 불꽃놀이는 하와이에서 손꼽히는 이벤트다. 현지인도 1년 내내 기다린다는 독립기념일 이벤트인 만큼 얼마나 성대할지 나 역시 기대감을 감출 수 없었다. 불꽃놀이가 열리는 알라모아나 비치 파크는 평소에도 많은 이들이 찾는 휴식처인데, 그날은 유독 인파로 붐볐다. 텐트와 천막이 즐비하고 음악 소리가 끊이지 않았으며 춤추는 사람들과 바비큐를 즐기는 사람들, 물놀이에 여념 없는 사람들로 발 디딜 틈이 없었다. 적당한 자리를 잡기 위해 공원을 걷는데 아미가 내심 놀란 눈치였다.

"아미, 왜?"

"이 많은 캐노피 천막이 노점상이 아니라니 놀라워. 우리나라의 여느 축제 같으면 음식 파는 노점상이 전부일 텐데 여긴 그런 게 하나도 없네?"

(위) 독립기념일 불꽃놀이, 알라모아나 비치 파크, 오아후
(아래) 망고 시즌 밴드 공연, 하와이 주립미술관, 오아후

아미 말처럼 모인 인파를 상대로 장사를 하려는 천막은 없었다. 맛난 냄새가 코를 찔렀지만 그것은 노점상이 아닌 공원에 놀러 나온 현지인 가족 자리에서 풍기고 있었다. 현지인들은 각자 좋아하는 먹거리를 준비해와서 불꽃놀이를 기다렸다. 미국의 50번 째 주 시민답게, 이 축제의 진짜 주인공이 바로 자신들이라는 듯이 축제를 즐겼다.

해변 끝 나지막한 모래 언덕에 걸터앉아 일몰을 보았다. 오묘한 색에 취한 사이 간간이 내리던 여우비가 멈췄다. 불꽃놀이 시간이 다가오자 여행객이 더욱 모여들었다. 한산했던 옆자리가 어느새 여행객들로 꽉 찼다. 사진 촬영에 한창이던 여자가 같이 사진을 찍지 않겠느냐고 물었다. 그 정도는 어려운 일이 아니지 싶어 처음 보는 이들과 함께 포즈를 취했다. 우리를 촬영한 여자는 하와이 지역 신문 '호놀룰루 스타 애드버타이저'의 기자라고 소개했다. 독립기념일 풍경을 스케치하는 모양이었다.

바닷가에서 피이 하고 불꽃 타오르는 소리가 들리며 축제가 시작되었다. 아미와 나는 자연스레 소리를 따라 시선을 옮겼다. 우리는 말없이 여름 밤바다를 밝히는 불꽃에 넋을 놓았다. 펑펑 터지는 것이 화약인지 내 감성인지 알 수 없었다. 불꽃은 활활 타올랐다. 내가 여태껏 본 것 중 가장 커다란 꽃이 하늘에 활짝 폈다. 다양한 빛깔이 만드는 에너지가 우리를 충전시키는 것만 같았다. 대륙과 대양을 넘나들며 전 세계를 여행하는 아미도 이렇게 성대한 불꽃놀이는 처음이라니 내심 흐뭇했다. 미국 방문이 처음이던 아미는 여행 직전 베트남으로 출장을 다녀왔다. 그래서인지 일정 초반 미국의 엄청난 물가와 팁 문화에 살짝 당황하는 듯했다. 다행히 아미는 이내 적응을 마쳤다.

독립기념일 다음 날인 7월 5일은 7월의 첫 번째 금요일이었다. 낮 일정을 마치고 숙소에 돌아와 숨을 고른 후 하와이 주립미술관으로 향했다. 2층 건물인 미술관은 1872년 하와이안 호텔로 시작해 로열 하와이안 호텔이 되었다가 제1차 세계대전 때에는 미국 국방성 와이엠시에이(YMCA)를 거쳐 지금의 모습을 갖췄다. 그간의 흔적은 사라졌고 미술관 뒤뜰에 남아 있는 수영장 자리만이 과거에 대해 귀띔하는 듯하다.

우리는 미술관에서 진행하는 '퍼스트 프라이데이'를 즐기기로 했다. 그러니까, 한국으로 치면 '문화가 있는 금요일'쯤으로 해석될 문화 행사다. 하와이 주립미술관은 매달 첫 번째 금요일에 이 프로그램을 운영한다. 그날은 밤 아홉 시까지 개장하고 다양한 이벤트를 펼친다. 특히 다양한 장르의 라이브 연주가 압권이다. 누구나 참여할 수 있는 무료 이벤트 덕분에 하와이 주립미술관은 현지인의 사랑을 듬뿍 받는다.

우리가 방문한 날은 수영복 패션쇼가 열렸다. 하와이에서 패션쇼를, 그것도 미술관에서 런웨이를? 수영복 패션쇼가 시작될 즈음 미술관에 도착했다. 다양한 피부색의 모델들은 런웨이를 당당하게 누볐다. 모델들 체형도 가지각색. 테라스를 가득 채운 관중들의 환호는 밀라노 유명 디자이너 패션쇼를 방불케 했다. 패션쇼 후 찾은 전시장에서 우리는 회화, 사진, 조각 작품을 골고루 관람했다. 음악 소리가 간간이 들렸다. 미술관에서 틀어놓은 음악이려니 생각했는데 갤러리 안쪽 공간에서 연주자가 키보드 공연 중이었다. 첫 사회생활을 큐레이터로 시작한 나로선 놀랄 만한 풍경이었다.

패션쇼가 끝난 자리를 밴드가 차지했다. 넓은 테라스 공간을 부유하던 음표가 우리의 발목을 붙잡았다. 이벤트 시간표를 확인하니 '망고 시즌'이라는 밴드였다. 망고 시즌은 오아후를 기반으로 2009년부터 활동한 밴드로, 두 명에서 시작해 현재는 일곱 명의 세션으로 구성되었다고. 패션쇼는 앉을 자리가 없어 서서 봤는데 밴드 연주는 운 좋게도 가장 좋은 자리에 앉아 감상했다. 팝, 재즈, 보사노바, 하와이 전통 음악 등 다양한 장르를 듣자니 몸이 절로 반응했다. 다리를 꼬고 앉아 있던 나는 어느새 발목을 까닥거리며 리듬을 탔다.

옆자리에 있던 노부부는 와인과 맥주를 각각 손에 들고 달콤한 금요일 밤을 보내는 중이었다. 미술관에서 판매하는 와인과 맥주는 어떤 맛일지 궁금했다. 저녁 여덟 시가 조금 넘은 시각에 시작한 공연은 아홉 시가 넘도록 이어졌다. 밴드 연주를 배웅 삼아 미술관을 나서는데 미술관 앞 작은 분수에서 흐르는 물줄기 소리, 버스 정류장의 소음이 모두 일종의 음악처럼 들렸다. 두 팔을 양쪽으로 쭉 펼치다 툭 튀어나온 말.

"아, 좋다."

여기에 아미도 한마디 보탰다.

"나 데려와줘서 고마워."

아미가 접한 하와이는 어떠했을까. 아름다운 자연 경관 외에도 놀랍고 흥미로운 매력이 가득했던 하와이안의 일상과 문화가 그녀에게 고스란히 전해졌으리라. 특별하면서 친숙하고, 새롭고도 익숙한 경험이었기를 바란다. 한국으로 돌아와 하와이 자료를 검색하던 중 우리가 나온 하와이 신문의 웹 페이지를 찾았다. 우리 얼굴이 하와이 신문에 실리다니! 이게 다 아미 덕분 아닐까?

마이 타이 바, 오아후

Part 5

마음의 소리가 들려

코코 크레이터 레일웨이 트레일헤드, 오아후

울기 딱 좋은 날이네!

눈물의 코코헤드

북태평양의 중심부에 위치한 하와이는 그 지리적 특성상 옛부터 군사 시설이 많은 곳이다. 아름다운 대양을 감상하기 좋은 자리라 전망대가 있을 법한 곳엔 어김없이 벙커가 들어서 있다. 다이아몬드 헤드, 라니카이 필박스 트레일, 쿠알로아 랜치도 그렇다. 벙커에 크게 관심을 가질 일이 없었는데 하와이 여행을 하며 알게 된 벙커는 흥미롭게도 내게 안락한 쉼터가 되었다.

운동 삼아 가파른 길을 오른 후 시원한 바닷바람에 땀을 식힌다. 멍하니 넋 놓고 있기도 하고 처음 보는 사람과 이야기 나누기도 좋다. 특히, 산 중턱에서 맞닥트리는 풍경은 이보다 더 좋은 안구 정화가 어디에 있을까 싶을 만큼 아름답다. 숨통이 확 트이는 전망을 보면 굳게 빗장을 질렀던 마음이 스스륵 열리기도 한다.

그 날은 갑자기 어디에서 그런 자신감과 도전 의식이 샘솟았을까. 혼자 코코헤드 트레일에 나섰다. 흥, 그쯤이야 식은 죽 먹기지 하며 거뜬히 다녀오리라 마음먹었다. 코코헤드에 대해서라면 누구보다 잘 알고 있다고 여겼으니까. 강렬한 태양 빛을 피하기 위해 오후 세 시가 넘어서야 출발했다. 주차장에서 트레일에 적합한 복장을 다시 갖췄다. 생수를 네 병이나 챙기고 초콜릿도 적당히 넣었다. 가진 모자 중 챙이 가장 넓은 것을 골라 썼다. 옷차림에 전혀 어울리지 않은 모자였지만 상관없었다. 그러고도 피부가 그을릴까 봐 선크림을 잔뜩 펴 발랐다. 출발하는 마음과 발걸음이 가벼웠다. 트레일 입구로 향하는 길 전선에 대롱대롱 걸린 운동화 여러 켤레가 반겼다. 누가 왜 전선을 향해 운동화를 던졌는지 정확히 알 순 없지만. 트레일이라는 의식 혹은 임무를 마친 스스로가 대견해서 그 흔적을 여기 새겨두고 싶었던 건 아닐까.

코코헤드 트레일은 군수 물자 수송 시설인 철길을 따라 걷는 코스다. 정상에 있는 벙커에 수월하게 물자를 운반하기 위해 만들어 둔 레일을 밟으며 오르는 길. 45도 정도의 경사를 따라 1,048개의 계단이 놓였다. 걷기와 등산에 최적화된 나의 하체를 철석같이 믿고서 하늘을 향해 끝없이 펼쳐진 계단에 올랐다. 이곳에 혼자 온 건 정말이지 잘한 일인 듯싶었다. 친구나 남편과 함께였다면 분명 원망을 듣고 크게 싸울 수 있는 코스임이 분명했다.

"한 계단씩 쉬엄쉬엄 오르자!"

마음과 달리 발걸음이 확연히 느려졌다. 이내 뚜벅뚜벅 오르는 계단이 우리네 인생 같다는 생각으로 간신히 버티며 오르는 상태가 되었다. 비슷하게 출발했던 사람들이 하나둘 앞서기 시작했다. 앞서거니 뒤서거니 하던 인파는 자연스레 뿔뿔이 흩어지고 말았다. 자신을 군인이라 소개한 덩치 큰 미국인과 서로 위로하며 오르다 쉬기를 반복했다. 오직 앞만 보고 나아가고 싶었지만 마음처럼 되지 않았다. 의지와 상관없이 벌컥벌컥 물을 들이켜야 했고 몇 계단 몇 분 오르지 못해 뒷사람을 위해 길을 내줘야 했다. 그렇게 가다 쉬다를 반복하다 90퍼센트 정도 올랐을 때 정말 미친 듯이 포기하고 싶었다.

"이만큼 올라왔으면 됐지. 그냥 내려갈까."

주저앉고 싶은 마음이 요동쳤지만 결국 나는 정상에 올랐다. 하와이 카이 지역의 모습은 몸도 마음도 후들거리는 나와 달리 참 여유롭게 보였다. 늘어선 야자수와 깔끔하게 정박해 있던 보트가 울렁대는 것처럼 느껴졌다. 정상 벙커 뒤로 난 길을 따라 들어갔다. 어디든 좀 더 편한 곳을 찾아 숨을 고르고 싶었다. 카이 지역을 등 뒤에 두고 멀리 72번 도로가 보이는 곳에 자리를 잡았다. 72번 도로를 가로지르는 차들이 장난감처럼 보였다. 바람이 두 뺨을 때렸다. 이유 모를 눈물을 떨궜다. 뚝, 뚝. 손등으로 흐르는 눈물을 훔쳤지만 그치지 않고 오히려 주룩주룩 흘렀다. 참으려고 할수록 알 수 없는 서러움이 북받쳤다.

그동안 괴로웠던 마음이 무심하고 너그러운 자연 앞에 속수무

책으로 무너져버린 것이었다. 하와이에 오기 전 몇 달간 나는 누군가로부터 예의도 염치도 없이 일하는 사람이라는 오해를 받아왔다. 그 때문에 공들여 진행하던 일을 물거품으로 만들 뻔했다. 하와이를 찾기 직전 일은 원만히 해결했지만 그를 계기로 인간관계를 대폭 정리하는 아픔을 겪었다. 괜찮은 척, 강한 척하며 넘긴 일들은 내게 상처를 남겼다. 그 서러움이 코코헤드 정상에서 터져버렸나 보다.

손수건으로 허겁지겁 눈물을 닦다가 울면 좀 어떠랴 싶은 맘이 들었다. 그냥 울었다. 사람들 대부분은 벙커까지 오지 않고 내려가므로 내가 앉은 바위는 울기에 완벽한 곳이었다. 거친 바람 소리도 내 서러움을 감춰주기에 딱 좋았다. 남편과 가족에게도 마음을 내비칠 수 없었다. 우는 모습은 더더욱 보여줄 수 없었다. 그렇게 참아온 시간 탓일까, 서러움이 곪고 곪은 모양이었다.

10여 분을 엉엉 울었다. 스마트폰 카메라 앱을 켜서 비춰보니 눈이 퉁퉁 부었다. 언제 그랬냐는 듯 눈물이 쏙 들어갔고 마음도 한결 가벼워졌다. 그제야 눈앞의 풍경이 다시 보였다. 기운을 내 벙커 위쪽으로 올랐다. 사방이 탁 트인 그곳에서 몸을 천천히 360도로 움직이며 모든 풍경을 마음에 담았다. 그간 모아둔 눈물을 단번에 쏟아내느라 텅 비어버린 듯했던 두 눈에 값진 풍경이 담겼다. 올라오기 참 잘했다는 생각이 들었다. 두 팔을 벌리고 온몸으로 바람을 느꼈다. 다시 찾은 마음의 평온. 풍성하고 따스한 기운이 나를 감쌌다.

사람들은 코코헤드 트레일이 힘든 코스라고 입을 모은다. 물론 부정하는 사람도 있지만 쉽지 않은 곳임은 분명하다. 그래도 정상에 서면 쉐이브 아이스처럼 시원한 기분을 만끽할 수 있다고 장담할 수 있다. 내게 코코헤드는 오르기 쉽거나 어렵거나 하는 문제를 떠나 울기에 가장 좋은 곳이 되었다. 언제 또 그곳에 오를지 모르겠다. 오르는 길에 동반자가 되어줬던 군인을 내려오며 다시 만났다.

"너 괜찮아?"

"응, 괜찮아."

대답하던 그때 나는 환하게 웃고 있었다.

추억은 다르게 적힌다

같은 경험 다른 느낌

"여행을 또 가?"

"보나마나 또 하와이겠지, 뭐."

지인들은 반복해서 하와이를 찾는 내게 이런 반응을 보인다. 내 여권에는 지난 몇 년간 같은 도장이 여러 번 찍혔다. 하와이 여행을 다니며 사용한 경비도 경비지만 항공사 마일리지도 꽤 많이 쌓였다. 무엇보다 귀중한 건 숫자로 환산할 수 없을 경험이 생겼다는 것. 그 경험은 나만의 이야기를 짓는 데 출발점이 되었다. 처음 만나는 사람, 처음 밟는 낯선 땅, 처음 느끼는 공기. 그런 것이 세상에는 존재한다. 경험하지 않으면 절대 알 수 없는 것들이.

언젠가, 청명한 바람을 꽤 좋아하는 남편을 위해 하와이에서의 선셋 세일링을 신청했다. 둘이서 로맨틱한 분위기를 즐기기에 안성맞춤이었다. 요트에는 그가 좋아하는 것이 가득했다. 무제한으로 제공되는 술, 태평양의 기운을 담은 바람, 바다를 붉게 물들이는 석양까지. 두세 시간 동안 저녁을 먹으며 좋아하는 것을 충분히 즐기는 바다 위 파라다이스. 예상보다 더 진한 낭만이 서른 명 남짓 탄 요트에 가득 흘렀다. 이전에도 비슷한 크기의 요트를 탄 적 있었다. 몰로키니에 스노클링을 하러 다녀왔을 때였다. 당시 신나게 즐겼던 스노클링도, 새로운 낭만으로 충만한 선셋 세일링도 모두 좋았다. 요트 투어는 우리 부부가 두고두고 회자할 만한 좋은 추억만 안겨줬다.

요트 투어를 다녀온 얼마 뒤 친한 친구 미선, 소연, 선옥 셋이서 하와이로 여행을 간다고 했다. 친구들이 계획한 일정표를 보던 나는 스노클링부터 추천했다.

"스노클링 강력 추천! 이번 기회 아니면 언제 거북이랑 같이 수영하겠니?"

바다거북이란 말에 친구들은 군말 없이 스노클링도 일정에 추가했다. 그렇게 하와이로 떠난 친구들이 스노클링을 잘했는지 궁금해 메시지를 남겼다. 그들도 나처럼 멋진 바닷속을 탐험하며 만족했겠지. 그런데 돌아온 대답이 너무 짧았다.

"실신!"

여자 셋 모두 배 위에서 쓰러졌다는 것! 이유를 물었더니 다들 뱃멀미로 고생을 했다고. 미리 먹어둔 멀미약도 소용없었단다. 멀미가 심해도 너무 심해 오후 일정마저 취소하고 호텔에 누워 있었다고 했다. 내가 사랑해 마지않는 요트 투어를 친구들은 두 번 다시 경험하고 싶지 않은 끔찍한 일로 기억하게 되다니! 똑같은 경험도 사람마다 다르게 기억한다는 것을 새삼 깨닫게 된 일화다. 특히, 경험과 그것을 수행하는 사람의 몸 상태가 잘못 꼬이면 상황은 더욱 예측할 수 없었다. 내 추천으로 고생했을 친구들에게 진심으로 사과했다.

"나처럼 즐겼으면 하는 마음에 뱃멀미할 거라고는 생각 못 했어. 정말 미안."

몇 년이 흐른 뒤 엄마, 이모, 남편과 함께 요트 투어에 다시 나섰다. 카우아이, 나팔리 코스트를 즐기기 위해 선택한 선셋 투어였다. 기이한 절벽을 에메랄드 빛 바다 위에서 즐기고 싶어 얼마나 설렜는지 모른다. 당연히 어른들도 요트를 타면 진짜 좋아할 거라고만 생각했다. 선셋 투어는 다섯 시간이나 소요되었다. 트레일을 하더라도 2박 3일이 걸리는 나팔리 코스트, 그 장대한 절벽을 편안히 즐기려면 시간도 비용도 만만치 않게 필요했다. 친구들의 경험에서 배운 바가 크므로 엄마와 이모가 드실 멀미약을 미리 챙겼다. 엄마와 이모 모두 이 진귀한 투어를 앞두고 기대에 잔뜩 부풀어 있었다. 우리 부부도 예외는 아니었다.

요트에는 50명가량 탑승할 수 있었다. 탑승 후 출발까지는 꽤 좋았다. 갑판 위로 올라가 주변 풍경을 눈에 담기 시작했다. 출발지인 포트 알렌 항구가 점점 멀어져갔고 에메랄드 해안 절벽은 하나둘 모습을 드러냈다. 바람이 보드랍게 뺨을 스치자 우리의 기분도 좀 더 고조되는 듯했다. 이모는 멋진 포즈로 사진을 찍느라 정신이 없

(위) 알리 누이 선셋 칵테일 세일링, 마우이
(아래) 캡틴 앤디스 나팔리 디너 선셋 세일링, 카우아이

었다. 엄마 역시 감탄사를 뱉느라 바빴다. 그러나 슬프게도 이 행복은 찰나에 불과했다. 요트가 항구에서 출발한 지 딱 10분 후 상황은 급변했다.

갑판 위에서 경치를 즐기던 나를 서둘러 부른 건 엄마였다. 부랴부랴 갑판 아래로 내려가니 이모가 보이지 않았다. 주위로 시선을 돌리다 선원과 눈이 마주쳤는데 내게 무언의 메시지를 보내는 것 같았다. 예감이 썩 좋지 않았다. 멀미와 사투를 벌이는 이모가 시야에 들어왔다. 요트에 구비되어 있던 멀미 봉투를 얼마나 썼는지 모른다. 그렇다고 한 승객의 멀미 때문에 요트를 항구로 되돌릴 수도 없는 노릇. 투어는 몇 시간이나 더 남아 있었다. 이모의 멀미를 덜기 위해 내가 할 수 있는 일은 아무것도 없었다. 그저 내게 몸을 기댈 수 있게 한쪽 어깨를 내어주는 것밖에. 중국인 남성 한 명도 이모와 나란히 앉아 멀미와 씨름했다. 두 사람을 보고 있자니 '그래, 뭐든 혼자보단 둘이 낫지'라는 생각에 부질없는 안도감마저 들었다.

울렁거리는 파도가 마냥 기분 좋게 느껴졌는데, 멀미 중인 두 사람 앞에만 가면 나까지 멀미를 시작할 것 같았다. 조금이라도 울렁증이 생길 것 같으면 지금 내가 이러면 되겠느냐며 몸과 마음을 다잡았다. 이모의 멀미는 요트가 항구로 돌아오기까지 계속되었다. 이모가 본 것은 나팔리 코스트의 웅장함이 아니라 빙빙 돌아가는 선체가 전부였다. 이모는 항구에 내려서야 평온을 찾았다. 이모가 겪은 고통에 비할 순 없지만, 그간의 하와이 여행 중 진땀을 가장 많이 흘린 시간이었다. 소중한 친구들이 배 위에서 겪었을 고통을 조금이나마 느낄 수 있었다.

몇 년이 지난 지금도 이모는 그때 이야기를 하면 손사래부터 친다.

"그때 멀미한 걸 생각하면 아직도 끔찍하다."

내가 괜찮으니까 타인도 당연히 괜찮을 줄로만 알았던 뜻밖의 뱃멀미 사건. 덕분에 또 하나를 배웠다. 사람마다 기억은 제각각이고, 추억 역시 다르게 적힌다는 것. 모두의 추억이 항상 똑같이 아름다울 수 없다는 것.

익숙함 속에서 특별함을 찾다

일상 같은 여행, 여행 같은 일상

일정의 반은 일, 나머지 반은 휴가인 아홉 번째 하와이 여행이 시작되었다. 이젠 기대감보다 편안함이 더 크게 머무는 그곳. 익숙함 속에서 특별한 무언가를 발견하는 희열이 있는 하와이. 비행기에 오르자 마치 원래 내가 있어야 할 곳으로 돌아가는 것처럼 마음이 가벼워졌다.

오아후를 거쳐 빅 아일랜드 코나에 도착했다. 처음 묵을 숙소로 향하는 20여 분을 내비게이션에 의존하지 않은 채 운전했다. 도로가 단조로운 덕분이지만 익숙함이 만든 결과이기도 하다. 체크인 이틀 전 에어비앤비 사이트에서 극적으로 이 숙소를 예약했다. 이전부터 눈여겨본 카할루우 베이 빌라스 콘도에 운 좋게 방 하나가 남아 있던 것. 도착 후 미리 받아둔 코드 번호로 문을 열었다. 사이트에서 본 사진과 똑같았다. 혼자 사용하기 아까울 만큼 근사하고 내

집처럼 편안한 곳이었다.

한국에서 출발하던 날, 집을 나설 때부터 내리던 비는 인천 공항에 가까워지자 함박눈으로 바뀌었다. 탑승 시간이 10분, 20분 지연되더니 결국 50분이 지나서야 비행기에 올랐다. 그러고도 비행기는 활주로를 쉬이 벗어나지 못했다. 결국 예정된 시간보다 두 시간이나 늦게 이륙했다. 오아후에서 빅 아일랜드로 가는 주내선을 세 시간 후로 여유 있게 예약했지만 한국에서부터 지연된 비행이라 시간이 빠듯했다. 내리기 직전 승무원에게 상황을 전달했다. 기장의 승낙으로 나는 그 어떤 승객보다 빨리 내릴 수 있는 특권을 얻었다. 호놀룰루 공항, 굳게 닫힌 기내 문이 열린 건 11시 12분. 일등으로 내린 나는 빛의 속도로 입국장까지 달렸다. 아무도 없는 공항을 일등으로 달려 나오는 기분이 생경했지만 만끽할 여유는 없었다.

빅 아일랜드 코나행 비행의 탑승 시각은 12시 10분. 다행히 입국장에 사람이 많지 않아 20여 분 만에 심사까지 마쳤다. 신속하게 짐을 찾았지만 기내와 면세점에서 산 액체류 제품은 수하물에 다시 넣어 위탁해야 했다. 현지 공항 직원이 이웃섬으로 가는 수하물을 일일이 찾아 분류하고 있었다. 이대로 가다가는 영락없이 비행기를 놓칠 것만 같았다. 항공사 직원이 말했다.

"저희가 수하물 위탁할게요. 어서 주내선 터미널로 가세요!"

이토록 고마울 수가. 시간을 벌었지만 수하물이 무사히 내 손에 되돌아올까 걱정이 되었다. 혹시나 했던 불행한 예감은 역시나

카할루우, 빅 아일랜드

틀리지 않았다.

수동 시스템으로 돌아가는 수하물 벨트가 끽끽 하는 소리를 냈다. 낡아 녹슨 기계가 알리는 신호음 같았다. 그 소리마저 정겹게 느껴지던 코나 공항에서 내 짐은 쉽사리 찾을 수 없었다. 직원은 대수롭지 않다는 듯 말했다.

“30분만 기다리세요. 다음 비행기로 올 거예요.”

그 말이 무색하게 짐은 밤 아홉 시가 넘어서야 찾을 수 있었다. 고된 하루를 보내고 숙소에 도착했다. 인천에서 호놀룰루로 향하는 기내에서부터 잠 한숨 못 자고 온 상황. 피곤한 몸이 천근만근인데 눈이 감기질 않았다. 유독 맑은 정신이 나를 놓아주지 않아 애를 먹다 겨우 눈을 붙였지만 세 시간 만에 일어났다. 새벽 두 시가 조금 넘은 시각. 어렴풋이 파도 소리가 들려왔다. 하늘이 밝아지자마자 모닝 스노클링을 즐기러 나섰다. 숙소 바로 앞이 코나 지역 셀프 스노클링의 성지인 카할루우 비치였다. 물놀이 후에도 정신은 말짱했고 밤 아홉 시까지 하루를 알차게 보내고서야 밀린 잠이 쏟아졌다.

모처럼 숙면을 취했다. 오전 여섯 시 반이 조금 넘은 시각. 알람 대신 무리 지어 지저귀는 새소리에 잠을 깼다. 몸이 개운했다. 물 한 잔 들이켰다. 아이들이 웅성거리는 소리에 이끌려 베란다로 향했다. 엉클어진 머리를 한 채 의자에 앉았다. 이제 막 동이 튼 시각, 날씨가 그리 화창하진 않을 모양이었다. 기운 넘치는 아이들의 목소리가 마른 햇빛처럼 쨍쨍했다. 스쿨버스를 타기 위해 삼삼오오 모여드는 아이들을 한참이나 바라보고 있었다. 저들의 단조로운 일상 풍경이 나에겐 가장 흥미롭고 특별한 순간이 되기도. 어떤 형제는 나란히 아빠 손을 잡고 왔다. 늦잠을 잤는지 헐레벌떡 뛰어오는 아이도 있었다. 별것 없는 그 소소한 모습에 오랫동안 시선이 머물렀다.

일곱 시가 되니 노란 스쿨버스가 정류장 앞에 등장했다. 아이들을 모조리 태운 버스가 떠나자 마을은 다시 조용해졌다. 아이들이 하교할 때까지 저 정류장은 여행자들이 채울 것이다. 다소 뻔하게 읽히는 관광지의 프레임을 걷고 보면 현지인의 일상을 마주하게 된다. 이렇게 시작하는 하루가 꽤나 즐겁고 설렌다. 아이는 학교로, 부모는 일터로, 나는 또 어느 목적지로 향하며 그렇게 코나의 일상 속으로 걸어 들어간다.

출장을 하와이로 가서 좋겠다고?

행복한 밥벌이

"아, 정말 좋겠다. 출장지가 하와이라니!"

지인의 말에 웃었지만 '당신이 대신 좀 가줄래요'라는 말이 목에 걸렸다. 몇 차례 여행 끝에 하와이 가이드북을 함께 만들자는 제안을 받았다. 여행을 즐기던 마음과 가이드북을 집필하는 태도엔 분명 차이가 있었다. 그렇다고 근사한 제안을 거절할 명분은 없었다. 콘텐츠를 기획하고 취재하고 글을 쓰며 꼬박꼬박 월급을 받아오던 터라 부담감도 없었다. 네 번째 하와이 여행을 마친 직후였고 내 경험을 다른 여행자와 나누는 일이 꽤 의미 있게 다가왔다.

매서운 겨울바람이 옷깃을 스칠 무렵 계약서에 서명했다. 이후 나는 매일매일 출근하는 마음으로 하와이 가이드북 작업에 몰두했다. 끼니때를 제외하고는 늘상 모니터 앞에 앉아 있었다. 짜놓은 목차대로 원고를 써가며 하와이를 떠올리는 일은 몹시 즐거웠다. 이런저런 추억 놀이에 빠져들며 자료를 찾고 직접 경험한 것에 살을 보탰다. 3개월 뒤에는 에이포 용지 400매에 가까운 분량이 되었다. 학창 시절 이렇게 공부했다면 아마 S대 아니 하버드 문턱도 넘지 않았을까. 어디 하와이전공 있는 대학은 없으려나.

초안이 마무리된 가이드북 작업을 빌미로 다시 하와이로 떠났다. 현지에 있는 마할로 씨와 함께 작업했던 터라 혹시 놓친 곳은 없는지 확인하기로 했다. 먹어보지 못한 음식도 일부러 찾아 먹고 드라이브 루트도 점검할 요량이었다.

도착 첫날 와이키키에 새로 생긴 루프탑으로 향했다. 평소 좋아하던 리조트룩 브랜드 타미 바하마에서 만든 레스토랑과 바였다. 1층은 매장, 2층, 3층에는 레스토랑과 바가 있어서 쇼핑과 식사가 가능한 곳이었다. 탁 트인 옥상 구조로 된 3층 바에 들어서니 와이키키의 저녁이 나를 반겼다. 어둠이 짙게 깔렸고 몇 조각 남은 구름이 빠르게 움직였다. 바에서 가장 좋아 보이는 좌석이 비어 있었다. 한걸음에 달려가 자리를 차지했다.

"아, 좋다."

푹신한 쿠션이 깔린 의자에 앉아 신발을 벗었다. 와이키키 해변처럼 바 바닥에는 고운 모래가 깔려 있었다. 맨발로 모래사장에 발을 묻었다가 이내 발가락을 세우고 꼼지락거렸다. 살랑살랑 부는 바람과 춤추는 야자수, 흥을 돋우는 음악, 멀리서 들려오는 파도 소리, 기분 좋은 사람들의 웃음소리를 들으며 하늘을 올려다봤다.

"나 정말 하와이에 출장 온 것 맞구나!"

주문한 칵테일이 나왔다. 블루 하와이를 홀짝거리니 하와이 바다의 기운이 몸 안에 가득 차는 듯했다. 생애 첫 하와이 출장의 밤은 충분히 아름다웠다.

그로부터 1년 뒤. 가이드북 디자인 작업도 끝났다. 책을 인쇄하기 전 마지막으로 오류가 있는지 확인하는 과정을 거치기로 하고는 다시 하와이로 떠났다. 미련하다는 소리까지 들었지만 가제본된 책을 순서대로 훑으며 일일이 내용을 확인했다. 미지의 섬이던 하와이를 탐험한 영국의 탐험가 캡틴 쿡처럼 열정적으로 탐구하길 반복했다. 내가 놓친 정보는 없는지 미처 싣지 못한 새로운 정보는 없는지 찾고 또 찾았다. 첫 출장 때 느꼈던 설렘은 온데간데없었다. 숙소로 돌아오면 다음 날 이동 동선을 체크한 후 곯아떨어지기 일쑤였다.

출장 나흘 째 되던 날. 무라카미 하루키가 조깅을 즐긴다는 카우아이 북쪽의 하날레이 비치를 살펴보는데 갑자기 빗물이 떨어졌다. 주차장으로 발걸음을 돌리는 사이 빗줄기는 더욱 거세졌다. 빗소리 가운데 누군가의 음성이 들렸다. 뒤를 돌아보니 내 머리에 있어야 할 파인애플 문양 반다나가 흙탕물에 떨어져 있는 게 아닌가. 정신없이 뛰느라 빠진 줄도 몰랐나 보다. 반다나를 주워 빗물에 씻었더니 금세 깨끗해졌다.

차에 시동을 걸고 에어컨을 켰다. 떨어지는 빗줄기를 바라보

칭 영 빌리지 쇼핑센터, 카우아이

며 축축해진 몸을 말렸다. 한참 기다렸지만 비는 그칠 줄 몰랐다. 그래도 계획했던 일정은 마치자 하고 길을 나섰다가 얼마 가지 못해 다시 비에 갇히고 말았다. 빠듯한 일정에 궂은 날씨까지 겹쳐 금방 지쳤다. 답답한 마음을 풀 상대가 없다 보니 혼잣말이 늘었고 외로움까지 밀려왔다.

헛헛한 마음을 한식으로 달래볼까 싶어서 한국인 부부가 운영하는 한식당을 찾았다. 몇 해 전 이미 안주인과는 통성명한 사이였다. 그녀가 한국어로 반갑게 맞이해주겠지 생각했던 내가 바보였다. 테이블마다 손님이 가득해서 주인 부부는 몹시 분주했던 것. 홀로 식사를 마치고 계산하면서 겨우 인사를 나눌 수 있었다.

그렇게 3주 가까이 섬 네 곳을 돌며 책의 내용을 확인했다. 겹겹이 쌓인 피로는 쉽사리 해결되지 않았다. 남편은 일정이 끝나면 며칠 쉬다 오라고 했지만, 어서 빨리 정리하고 집으로 돌아가고만 싶었다. 내 사랑 하와이에서 이런 마음을 갖게 되다니 믿을 수 없었다. 몸도 마음도 완전히 지쳤다. 한국으로 돌아오던 날 공항에서 나는 최후의 선택을 했다.

"혹시 제 티켓이 마일리지로 좌석을 업그레이드할 수 있는 티켓인가요?"

다행히 돌아오는 비행기에 프레스티지 여석이 있었다. 항공권 일반석을 유상으로 구매했던 나는 마일리지로 좌석을 업그레이드하는, 항공사에서 가장 호구로 본다는 고객이 되었다. 그게 다 피로 때문이었다. 출장 중 틈틈이 읽으려고 챙겨간 책 세 권은 돌아오는 비행기에서 처음 들춰봤고 한 권만 겨우 다 읽었다.

하와이를 정말 사랑한다. 하지만 일 때문에 출장을 떠나는 건 달갑지 않다. 비단 장소의 문제는 아닐 터. 어느 장소든지 일을 해야 하고 쉬지 않고 이동해야 하고 일정대로만 움직여야 한다면 몸과 마음이 지칠 수밖에 없다. 그게 지상낙원 하와이라도 마찬가지다. 출장은 어디까지나 출장일 뿐. 그나마 위안이 되는 한 가지를 꼽자면, 내 사랑 하와이를 나만의 방식으로 기록할 수 있다는 것. 그게 다다.

하늘 위에서 별을 본 적 있나요?

잊고 있던 시간

언젠가부터 비행기 창가 자리는 지정하지 않는 습관이 생겼다. 이유는 간단하다. 가족이 아닌 이상 옆자리 승객을 넘어 화장실을 들락날락하기 불편하니까. 특히 장거리 여행 시엔 늘 복도 좌석을 지정한다. 그 날도 어김없이 복도 쪽 자리를 선점했다. 비상구 좌석 바로 뒤에 앉은 나는 유독 비상구 좌석에 눈길이 머물렀다. 승객들의 탑승이 마무리될 무렵에도 그 자리 주인은 나타나지 않았다. 승무원을 호출했다.

"혹시 비상구 좌석이 남았나요?"

"확인해보겠습니다."

승무원이 다시 내게 와 물었다.

"자리를 변경하시게요?"

"음, 비어 있는 좌석이고 변경해도 괜찮으면요."

비어 있는 자리는 비상구 좌석 중 하필 창가석이었다. 창가석을 선호하지 않던 내가 그날은 무언가에 홀린 듯 창가로 향했다. 비행기 좌석은 3-4-3 배열이었다. 복도석에 미국 군인으로 보이는 이가 앉으면서 눈인사를 건넸다. 가운데 자리가 비어 있어서 그와 반반씩 사용했다. 비상구 좌석의 창문은 프레스티지석과 비슷한 세 개였다. 일반석이지만 비상구 좌석의 편리함은 프레스티지석에 버금갔다. 앞 좌석이 없는 덕분에 무릎을 쭉 펼 수 있었고 화장실에 갈 때도 눈치가 덜 보였다. 자리 변경을 도와준 승무원에게 감사 인사를 전했다.

인천에서 호놀룰루로 떠나는 비행기에 늘 밤 시간에 오르곤 했다. 저녁 여덟 시에서 열 시 사이에 출발하면 약 여덟 시간 후 날짜 변경선을 지나 이른 아침 호놀룰루 공항에 도착한다. 탑승객들은 단잠에 빠지거나, 못다 본 영화나 드라마를 연달아 보며 비행 시간을 보낸다. 누군간 음악을 듣고, 누군간 가이드북을 보며 여행 계획 짜기에 여념이 없다.

이륙한 지 두어 시간쯤 지났을까. 기내 조명이 어두컴컴해졌다. 눈을 감아도 쉬이 잠들지 않았다. 자는 건 포기하고 챙겨간 책을 꺼내 들었다. 김동영 작가의 《무엇이 되지 않더라도》를 읽었다. 이제 자정을 갓 넘긴 시각. 조용한 기내에 몇몇 승객의 헛기침이 노크 소리처럼 들렸다. 앞서 화장실에 들어간 승객이 나오길 기다리며 기내를 쭈욱 훑어보았다. 공중에 마련된 둥지 같은 공간. 각기 다른 포

호놀룰루행 기내, 태평양 성공 어디쯤

즈의 승객 대부분은 목 배게에 의존하고 있었다. 담요로 얼굴까지 가린 이들은 어둠 속에서 곤히 잠을 청했다.

평온했다. 자리로 돌아와 좌석 바로 옆에 있는 창문의 덮개를 슬쩍 올렸다. 밤 시간을 통과하는 중이라 빛이 새어 들어오지 않았다. 창문 덮개를 그대로 올려둔 채 창문 밖을 바라봤다. 목화솜 같은 구름이 한낮보다 더 빛나는 듯했다. 보드랍고 푹신해 보이는 구름 베개가 탐났다.

구름 위를 비추는 건 기체에서 나오는 은은한 불빛이 전부였다. 이 완벽한 어둠을 깨기란 불가능해 보였다. 하늘 위의 새벽 공기는 지상의 것과 달랐다. 수십 센티미터 두께의 철판이 나를 지키고 있었지만 확연히 느껴졌다. 구름 위를 덮은 암흑은 무섭지도 차갑지도 않았다. 그 암흑을 바라보는 일이 재미있었다. 반짝이는 무언가가 섬광처럼 스쳤다. 뭘까. 비행기 날개 쪽에 있는 조명을 잘못 본 건가. 빛의 정체가 궁금해 창문에 얼굴을 바짝 가져갔다. 눈을 비벼가며 빛의 기원을 찾았다.

별이었다. 한국에선 목이 아플 정도로 고개를 젖히고 찾아도 한두 개 보일까 말까 한 별. 그 별이 바로 눈앞에서 반짝이고 있었다. 수많은 별들이 까만 공간을 빽빽하게 수놓았고 몇몇은 유난히 크고 반짝였다. 하와이 여행을 즐기며 수많은 밤 비행기를 타봤건만 별 볼 생각을 하지 못했다니. 아, 미리 별자리를 좀 알아둘걸. 긴 시간 홀로 밝게 빛났을 별이 더 이상 외롭지 않도록 조용히 보고 또 보왔다.

어둠이 지배한 공간에 유독 내 자리만 빛이 드는 기분. 창문 덮개를 덮어버리면 수많은 별이 서운할까 봐 그럴 수가 없었다. 책을 읽는 중간중간 창밖을 내다보았다. 밤하늘에 별이 뜬다는 당연한 이치를 참 뒤늦게야 알게 된 밤이었다. 밤 비행이 주는 매력과 창가 자리에서만 누릴 수 있는 소소한 기쁨이 더해진 순간이었다.

기다릴 수 있어서 참 행복해

당신을 기다리며

누군가를 기다리며 시간을 보내는 일엔 묘한 설렘이 깃든다. 물론 모든 기다림의 끝이 항상 아름답기만 한 것은 아니다. 변수와 불행은 늘 예기치 못한 순간에 찾아오니까. 그럼에도 불구하고 나는 기다리는 모든 순간을 즐긴다. 어린 왕자는 말했다.

"네가 네 시에 온다면 나는 세 시부터 행복해지기 시작할 거야."

희망 고문일지라도 기다리는 건 결국 행복한 일이 아닐까. 다가오는 하와이 여행 일정을 처음엔 2주로 잡았다. 그런데 일을 마친 뒤 조금만 더 여유를 즐기다 오기로 하면서 일정은 한 달로 늘었다. 남편 덕분이었다. 갑자기 바뀐 업무 스케줄로 남편이 1년 6개월 만에 쉴 수 있게 된 것이었다. 애초 나의 하와이 여행으로 대리 만족하겠다던 남편은 휴가 확정 후 호놀룰루행 티켓 예매를 요청했다. 2주간의 시차를 두고 우리는 각자 호놀룰루행 비행기에 몸을 실었다. 먼저 출발한 나는 2주간 열심히 일하고 2주 뒤 도착하는 남편과 휴가를 즐기기로 했다.

시간이 빠르게 흘렀다. 나 홀로 보내는 2주의 마지막 날이자 호놀룰루 페스티벌의 막이 내리는 날이었다. 3월 둘째 주, 주말을 포함해 사흘 동안 열리는 이 축제는 하와이에 정착해 사는 아시안이 자국의 문화를 즐기는 축제다. 다양한 국적의 아시안과 단체들은 흥겹게 행진하며 자신들의 전통 문화를 선보인다. 와이키키 1번지로 불리는 칼라카우아 대로는 퍼레이드 시간 동안 차가 아닌 사람이 주인이다. 행렬이 끝나면 저녁에는 성대한 불꽃놀이가 열린다. 매주 금요일 저녁에 '알로하 프라이데이'라고 하여 힐튼 하와이안 빌리지 내 듀크 카하나모쿠 라군에서 짧은 불꽃놀이가 열리지만, 호놀룰루 페스티벌의 불꽃놀이는 그 규모부터 다르다. 성대하기로 소문난 미국 독립기념일 불꽃놀이와 견줄 만하다고. 한 해 동안 이날만 손꼽아 기다리는 시민들도 많다고 우버 기사가 귀띔했다.

홀로 조용히 불꽃놀이를 감상하고 싶었지만 몰려드는 인파 때문에 불가능할 것 같았다. 상황이 그나마 나은 해변 쪽으로 나갔다. 불꽃놀이가 열릴 해변 앞 모아나 서프라이더 호텔에 있는 푹신한 의자에 앉아 사람들의 움직임을 유심히 관찰했다. 매트, 망원경, 가벼운 겉옷 등 저마다 나름의 준비물을 가지고 모이는 사람들. 불꽃놀이는 이곳 호텔 해변 앞을 중심으로 펼쳐지기에 순식간에 인파가 늘었다. 불꽃놀이를 처음 보는 사람도 있겠지. 물론 여러 번 본 사람도 간절히 이 순간을 기다렸을 테고. 모두들 잠시 뒤 하늘을 수놓을 불꽃놀이를 아이처럼 상기된 얼굴로 기다리고 있었다.

겹겹이 쌓아둔 비치 체어에 운 좋게 걸터앉았다. 이미 해가 저문 지 오래. 모래사장을 가득 채운 사람들 앞으로 펼쳐진 바다가 돌연 화창해졌다. 수면 위로 알록달록 불꽃이 나타났다. 펑펑 화약이 타오를 때마다 사람들의 반짝이는 눈동자가 보였다. 한결같이 순수하고 깨끗한 눈빛. 쉴 새 없이 피어나는 불꽃을 보며 내 심장도 요동쳤다. 형형색색이 부서지고 사라지고 어둠만 남았다가 다시 불꽃이

코나 조 커피, 빅 아일랜드

피어오르고를 얼마나 반복했는지 모른다. 홀로 보는 불꽃놀이가 이토록 황홀할 수 있다니.

사람들의 환호와 박수가 와이키키 해변을 뜨겁게 달궜다가 이내 잠잠해졌다. 불꽃놀이는 10분 남짓 이어졌을 뿐이었다. 짧게는 몇 분, 길게는 1년을 기다렸던 사람들이 금세 흩어졌다. 백사장이 휑했지만 여운은 쉬이 가시지 않았다.

와이키키에 엄청난 인파가 몰리긴 했었나 보다. 우버를 잡아타고 숙소로 돌아오는 길, 평소라면 10분이 채 안 걸렸을 텐데 20분 만에 도착했다. 내일이면 남편이 내게 온다. 불꽃처럼 빛나는 얼굴을 하고서 공항에 나타나겠지. 만면에 띤 웃음이 나를 향한 것이 아니라, 오랜만에 맞이하는 휴가 때문이라고 해도 상관없다. 그를 기다리며 나는 행복했기에, 그것만으로 충분하다.

알라모아나 비치 파크, 오아후

Part 6

해프닝마저 사랑스러워

세프 마브로 레스토랑, 오아후

최고의 셰프를 만나다

하와이 퍼시픽 림, 셰프 마브로

먹고 죽은 귀신이 때깔도 좋다고 했던가. 이 말은 사실이다. 적어도 내겐 그렇다. 여행할 때도 마찬가지. 맛난 음식은 빼놓을 수 없는 흥밋거리다. 처음 먹어보는 음식이 낯설 때도 있지만, 또 그만큼 신세계를 경험할 수 있으니 참 재미있는 일이다. 천혜의 자연환경을 자랑하는 하와이 음식은 오죽하랴. 태평양 한가운데에 있는 하와이는 사탕수수 농장에서 일했던 이민자들에 의해 일찍이 다문화가 자리 잡았다. 여러 나라의 값싼 노동력은 삶의 터전을 찾아 하와이로 몰렸고 동서양의 다양한 문화권 인종이 부대끼며 살게 되었다. 이 각양각색의 사람들은 서로 어울리고 섞여 완전히 새로운 식문화를 만들어냈는데 그 대표 격이 바로 우리 나라 찹쌀 도넛과 비슷한 말라사다와 국수와도 같은 사이민이다.

누군가 내게 하와이에서 꼭 먹어야 할 음식이 무엇이냐고 묻는다면 나는 주저 않고 퍼시픽 림을 추천한다. 유명한 레스토랑의 스테이크 맛도 일품이고 달콤한 디저트 가게 케이크도 입을 즐겁게 해주지만 그보다 퍼시픽 림을 꼭 경험해볼 것을 권한다. '퍼시픽 림'이란 하와이에서 생산되는 식자재에 다채로운 요리법을 접목시켜 만든 음식 문화를 일컫는 말이다. 1991년 하와이에서 활약 중인 젊은 요리사 12명이 '하와이 리저널 퀴진'이라는 단체를 만들어 태평양을 닮은 완벽한 미식을 연구하기 시작했다. 그렇게 탄생한 식문화가 바로 퍼시픽 림이다. 이 퍼시픽 림을 그저 요리 유형 중 하나라고 생각하기에는 이 단체를 만든 셰프들이 헉 소리 날 만큼 대단한 사람들이다. 12명 모두 하와이는 물론 미국에서도 꽤나 명성을 떨치고 있다. 오바마 전 미 대통령이 사랑하는 억만장자 셰프 알란 웡스, 미국 베스트 요리사 톱 10으로 선정된 바 있는 로이 야마구치가 대표적이며 내가 만난 셰프 '마브로'도 그중 한 사람이다.

마브로 레스토랑은 다른 셰프들의 레스토랑과 달리 와이키키에서 10여 분 떨어진 사우스 킹 스트리트에 있다. 위치도 그렇지만 레스토랑 규모도 아담하고 화려함은 눈을 씻고 찾아봐도 없는 곳이다. 1980년대 경양식 레스토랑 느낌이 물씬 풍긴다. 몇몇 빌라와 상점이 옹기종기 모인 사거리를 오가다 단층의 베이지 톤 건물을 봤다. '이런 곳에서 장사가 될까?' 싶을 정도로 대수롭지 않게 여겼던 곳. 눈에 쉽게 보이는 간판 하나 없어 레스토랑인지도 몰랐다. 마브로가 운영하는 곳이란 걸 알기 전까지는 말이다.

마브로는 프랑스 출신이다. 미국 톱 6위 요리사로 원래 이름은 조지 마브로탈라시티스. 성의 일부를 따 마브로라고 부른다. 급하게 당일 예약했지만 운이 좋게 여석이 남아 그의 요리를 즐길 수 있었다. 식사 시간이라고 하기엔 조금 이른 시각에 방문했다. 일행과 내가 첫 손님이었다. 아치형으로 된 입구 문을 열고 들어선 순간 아담한 그 공간이 주는 편안함은 어떤 말로도 표현할 수 없었다. 이곳이 정말 유명 레스토랑 맞나 싶을 정도로 소소한 인테리어였다.

예약도 늦게 했고 일행도 여섯 명이나 되는 까닭에 창가 자리 대신 홀 쪽에 앉아야 했다. 자리에 앉아 두리번거리니 웨이터는 편하게 구경해도 좋다는 신호를 보냈다. 그에게 감사의 눈인사를 전하고서 레스토랑을 꼼꼼히 훑기 시작했다. 불그스레한 조명 아래 벽에는 하와이 느낌 물씬 나는 그림, 테이블 위 꽃병엔 작은 꽃 한 송이. 그리고 입구 쪽에는 해외 언론에 소개된 몇몇 자료가 이 레스토랑에 대해 이야기하고 있었다. 그러다가 벽에 전시된 커다란 다이아몬드를 보았다. AAA 등급! 'AAA(American Automobile Association)'는 1977년부터 활동하고 있는 미국 내 호텔 레스토랑 등급 시스템 조직이라고. 다이아몬드 개수로 등급을 판정하는데, 이곳이 2008년 이후 매년 다섯 개의 다이아몬드 등급을 받고 있는 최고 수준의 레스토랑임을 증명하는 것이었다. 하와이에서는 유일하게 다이아몬드 다섯 개를 받은 곳이라니 음식에 대한 기대치가 더욱 상승했다.

이곳은 신선한 재철 재료를 이용해 네 가지, 여섯 가지 요리가 나오는 코스 메뉴를 선보인다고 했다. 재료를 직접 재배하는 까닭에 메뉴는 매일 조금씩 달라진다고. 우리 일행은 각자 원하는 코스를 주문했다. 와인 페어링도 훌륭한 곳이라는 말에 함께 주문했다. 느긋하게 음식을 기다리는데 새하얀 앞치마를 두른 파마머리 아저씨가 홀 쪽으로 걸어 나오더니 손님에게 인사했다. 그는 유쾌한 얼굴로 즐겁게 대화를 나누며 우리가 앉은 테이블로 다가왔다. 그리고 환하게 웃으며 반갑다고 말을 건넸다. 그는 다름 아닌 메인 셰프 마브로였다.

한국 유명 레스토랑 셰프도 종종 홀에 나와 손님에게 인사를 건네지만 그 태도가 조금 달랐다. 일종의 거드름이라곤 전혀 찾아볼 수 없었는데 유명세에 비해 매우 소탈하고 겸손해 보였다. 일행 중 누군가가 그에게 사진 촬영을 요청했다. 흔쾌히 수락한 마브로는 사진이 잘 나오는 곳이 레스토랑 입구 쪽이라는 조언도 아끼지 않았다. 우리는 그를 따라 쪼르륵 입구에 서서 돌아가며 사진 찍느라 바빴다. 마지막 사람이 사진을 찍을 때까지 마브로는 웃음을 잃지 않았다. 오히려 사진 찍는 횟수가 늘수록 장난기 가득한 미소가 짙어졌다. 셰프는 종종 이렇게 홀에 나와 손님들과 만나는 걸 즐긴다고. 운 좋게도 우리가 방문한 날 그가 홀에 나온 덕분에 일행 모두 흥미로운 경험을 했다. 음식이 하나씩 나올 때마다 우리는 감탄하고 또 감탄했다.

"이 수프, 고사리로 만들었다고 하지 않았어? 어쩜 고사리에서 이런 맛이 나지?"

"세상에! 너무 예뻐서 먹기 아깝다."

눈과 입을 동시에 놀라게 하는 멋진 음식들. 저녁 시간이 지날수록 레스토랑을 채우는 손님이 늘어갔다. 음식을 만드는 데 집중했을 셰프 마브로는 더 이상 홀에 나오지 않았다. 코스 요리였음에도 배가 부르지 않았는지 일행 모두 집에 돌아가 라면을 끓여 먹었다는 후일담이 있었지만, 그날 우리는 편안해서 더 멋졌던 셰프를 만나

셰프 마브로 레스토랑(외관), 오아후

기분 좋은 식사를 했다고 한목소리로 이야기했다. 태평양을 담은 완벽한 한 끼. 그 풍요로운 저녁 시간을 빛내준 셰프로부터 받은 진한 감동이 떠올라 그날 사진을 꺼내본다. 그의 작은 얼굴에 꽉 찬 미소가 여전히 반갑다.

끝까지 찾을 거야?

카카아코에서 여인 찾기

우연히 소셜 네트워크 서비스에서 사진 한 장을 봤다. 핑크 빛 여신이 몽환적인 표정으로 벽에 그려져 있다. 위치가 어디인지 정확히 나와 있지 않다. 여신을 찾을 수 있는 유일한 단서는 카카아코의 어느 건물 코너에 그려졌다는 사실밖에. 닐 S. 브레이스델 센터 앞 사거리에서 워드 애비뉴 방향으로 좌회전하면 카카아코로 진입하는데, 그때 오바마 전 미 대통령을 그린 벽화를 만날 수 있다. 아담한 2층 빌라 벽면을 꽉 채운 그림이 지나는 사람들을 맞이한다.

카카아코는 와이키키를 비롯한 오아후 내 여느 지역과는 조금 다른 느낌이다. 가구 공장, 자동차 전시장과 수리점, 철물점 등이 모여 있어 여행객과는 다소 어울리지 않은 곳이었다. 하지만 몇 년 전부터 이 지역 건물 벽에 유쾌하고 재미있는 그림이 하나둘 그려지면서 여행객에게 근사한 포토 스폿을 제공하고 있다. 그 덕분인지 최

카카아코 그래피티, 오아후

근에는 분위기 좋은 카페가 생기고 맛 좋은 레스토랑이 분점을 내는 등 오아후 핫 플레이스로 떠올랐다. 트롤리 노선도 편성될 정도니 꼭 들러야 할 명소가 아닌가.

하와이 여행을 통해 알게 된 지혜 부부와 함께 어디를 갈까 고민하다 카카아코를 둘러보기 위해 나섰다. 골목골목마다 이색적인 벽화가 반겼다. 지혜도 나와 그림 취향이 비슷한 듯했다. 아기자기하고 귀여운 몬스터, 정다운 하와이 느낌이 물씬 풍기는 벽화들에 우리는 더 집중했다. 다소 과격한 터치, 그 의미를 제대로 알기 힘든 벽화와는 살짝 거리를 뒀다. 마침 파우와우 페스티벌 기간이라 새로운 벽화를 그리는 아티스트도 만날 수 있었다. 파우와우는 전 세계 스트리트 아트 및 그래피티 아티스트들이 모여 다양한 형태의 예술을 창조하는 아트 페스티벌이다. 하와이에서 처음 결성되어 성장한 축제라고. 축제 기간 중 다양한 이벤트가 열렸는데 그중 하나가 벽화 작업하는 아티스트를 직접 볼 수 있는 것이었다. 저 그림이 어떻게 완성될까, 그 초안을 들여다보는 것도 꽤 흥미로웠다. 운전대를 잡은 학선 오빠에게 소셜 네트워크 서비스에서 본 사진 한 장을 건넸다.

"오빠 나 이거 보고 싶은데 찾아보자!"

보조석에 앉아 있던 지혜에게도 동의를 구했다.

"이 벽화 분위기 괜찮지 않아? 근데 어디 있는지는 몰라. 이 동네에 있다는 것밖에."

지혜는 난감한 표정으로 대답했다.

"뭐, 골목골목 다니다 보면 찾을 수 있겠지."

벽화 수색에 나섰다. 운전하는 학선 오빠까지 동참하여 우리 셋은 고개를 이리 돌리고 저리 돌리며 핑크 여신 찾기에 나섰다. 카카아코 지역에서 차량 통행이 되는 골목은 모두 들어갔다 나왔다 했다. 건물 블록을 돌고 또 돌아도 소셜 네트워크 서비스 속 벽화는 눈에 띄지 않았다. 쉽게 그 모습을 드러내지 않으니 찾고 싶은 마음이 더 간절해졌다. 학선 오빠는 벌써 몇 번째 같은 도로와 건물을 돌고 있었다. 벽화 하나 찾자고 같은 자리를 맴맴 돌게 해서 너무 미안했지만 포기할 수가 없었다. 지혜가 말했다.

"언니 이제 이쯤하자. 이만하면 됐지."

지혜의 벽화 찾기 종료 선언에 학선 오빠 손은 핸들 위에서 갈 길을 잃고 방황했다.

"아. 미안한데 이 벽화 꼭 찾고 싶어, 지혜야!"

딱 한 바퀴만 더 돌자고 부탁했다. 진짜 이번에도 못 찾으면 포기하겠다는 태도로 말했으나 절대로 포기할 수 없었다. 그 여인 벽화가 대체 뭐라고 내가 이렇게 집착하는 걸까 싶을 만큼. 다시 같은 길을 또 돌았다. 마지막이라고 생각하니 정말 절박해졌다. 그 절박함 때문일까. 그렇게 반복해 지나도 보이지 않던 것들이 시야에 들어온다. 낯선 쓰레기통 옆에 주차된 차가 보이고 차 옆 벽면을 스치자 나도 모르게 소리쳤다.

카카아코의 여인 벽화

"야, 찾았다. 찾았어!"

눈 뜬 장님이 따로 없었다. 그 골목, 그 건물 앞을 몇 번이나 지났는데 벽화만 쏙 놓쳤다니! 소셜 네트워크 서비스 속 사진에서는 벽화 앞이 말끔했었다. 실제 벽화 앞으로 자동차 서너 대가 서 있었고 커다란 쓰레기통도 있어 그냥 지나친 모양이었다.

"벽화 앞이 사진이랑 영 딴판이었네. 이러니 못 찾았지. 그나저나 언니 참 끈질기다, 끈질겨!"

지혜가 웃으며 말했다. 나는 그저 웃었지만 마음속으로는 환호를 불렀다. 학선 오빠를 힐끗 보니 정처 없이 골목 사이를 돌던 때와 달리 편안한 안색이었다. 차 안에 평화만이 맴돌았다. 우리는 앞다투어 카메라를 꺼냈다.

소셜 네트워크 서비스 속 그녀는 2년이 지난 지금까지 한결같은 모습으로 자리를 지키고 있다. 벽화의 정확한 위치를 파악한 나는 구글 맵에 표시해뒀다. 그 이후 하와이에 갈 때마다 그녀가 잘 있는지 확인하러 가곤 한다. 지혜와 학선 오빠에게 당시엔 미처 전하지 못했던 말이 입가에 떠오른다.

"지혜야, 우리 그때 그 동네를 열 바퀴쯤 돌았을까? 학선 오빠, 같이 찾아줘서 정말 고마워! 속으로 나 욕했던 거 아니지? 두 사람 은혜는 절대 잊지 않을게."

역경 끝에 천국을 찾다

하와이의 보물 라나이

바람이 불면 부는 대로, 비가 오면 오는 대로, 구름이 끼면 끼는 대로, 햇빛이 비치면 비치는 대로. 상태에 상관없이 마냥 좋은 하와이의 날씨. 11월부터 3월까진 우기라 비가 자주 내리고 바람이 불지만 특별히 나쁠 건 없다. 비가 내려도 곧 무지개가 방긋 인사하며 나타나니 이 또한 기분 좋은 설렘. 7, 8월에는 태풍이 찾아오기도 하지만 흔한 일은 아니다. 또한 태풍이 온다 해도 그 안에서 누릴 수 있는 것을 찾으면 그만. 내게 하와이는 언제든 늘 좋기만 하다.

우기가 끝나는 3월은 하와이답지 않은 조금 음울한 날씨가 색다르고. 4월은 하늘이 맑게 열리기 시작하고. 5월은 온 세상이 싱그러움을 머금고. 6월은 여름의 시작을 느낄 수 있고. 7월은 땀방울 식혀주는 보드라운 바람결이 반갑고. 8월은 태평양 바다를 수영장처럼 즐기기 제격이고. 9월은 왠지 여름을 한 달 더 누리는 듯하고. 10

마넬 로드, 라나이

월은 커피콩의 진한 향기가 가슴을 따뜻하게 하고, 11월은 블랙 프라이데이 덕분에 쇼핑 즐기기 좋고, 12월은 이색적인 블루 크리스마스가 기다리고, 1월에는 새해의 따스함이 포근히 대기를 감싼다. 이렇듯 하와이는 언제 가도 자연이 선사하는 모든 감각과 감정을 느끼고 누릴 수 있는 곳이다.

지혜 부부와 함께 하와이로 떠나는 길, 우린 매우 들떠 있었고 함께하는 여행을 자축하느라 바빴다. 탑승 시간을 기다리며 호들갑 떠는 사이, 지혜는 내게 우리의 첫 여행을 기념하는 엽서를 만들어줬다. 그날따라 바람도 우리를 도왔다. 평소 인천에서 호놀룰루까지 8시간 정도 소요되는 데 출발이 20여 분 지연되고도 여섯 시간 만에 도착했던 것. 호놀룰루에 도착해 이웃섬인 라나이로 이동하는 일정이었다. 지혜 부부와는 며칠 뒤에 다시 만나기로 하고 라나이행 탑승 수속을 마쳤다. 포시즌스 라나이 리조트에 투숙할 계획이었는데 기대감에 부풀어 구름 속을 걷는 기분이었다. 리조트가 운영하는 호놀룰루 공항 내 전용 라운지에서 미리 체크인을 마쳤다. 한쪽에 정갈하게 마련된 다과 역시 리조트의 이미지처럼 심플하면서도 고급스러웠다. 북적이는 탑승구 앞에서 기다리는 대신 조용하게 휴식을 취하며 라운지를 즐기니 컨디션이 최고조에 달했다. 탑승 시간이 다 가오자 라운지 직원이 게이트 쪽으로 안내했다.

탑승이 조금 지연되는 듯했지만 특별한 안내 방송은 없었다. 남은 의자에 엉덩이를 붙였다. 20분쯤 지났을까, 기다리던 탑승객들이 항공사 직원에게 이것저것 물어보기 시작했다. 공지 없이 지연되는 탑승에 불쾌할 만한데 누구 하나 화내는 사람 없었다. 기다리면서도 미소를 잃지 않는 사람들을 물끄러미 바라봤다. 탑승구 앞에서 기다리는 60여 명의 사람들 중 반은 현지인이고 나머지는 나와 같은 여행객이었다. 한 50분쯤 더 지나자 탑승을 시작한다는 반가운 멘트와 함께 탑승구가 열렸다. 항공권을 읽는 리더기 소리가 삐하고 경쾌하게 들렸다.

시차와 비행이 겹쳐 몰려오던 피로감도 기대감을 이길 순 없었다. 좌석에 앉아 어서 빨리 비행기가 날아오르길 바랐다. 묵직한 비행기 바퀴가 활주로를 따라 움직이다 갑자기 멈췄다. 무슨 일일까. 궁금했지만 침묵으로 기다렸다. 정적이 흘렀고 비행기는 애초서 있던 탑승구로 방향을 틀었다. 승객들이 웅성거렸다. 이내 승무원의 안내에 따라 하나둘 내려야 했고 그렇게 다시 공항 탑승구 앞 의자에 앉았다. 몇몇 승객이 승무원에게 이유를 물었다. 다행히 기체 결함은 아니란다. 화를 낸다고 비행기가 빨리 뜰 수 있는 건 아니니까 뭐, 일단 기다리자. 라나이가 코앞이잖아! 다른 승객도 대수롭지 않게 여기는 눈치였다.

포시즌스 라나이 리조트, 라나이

오후 한 시 오 분 출발이던 항공편은 세 시가 되어서야 다시 움직였다. 이번엔 활주로 끝까지 이동한 후 관제탑의 신호를 기다리는 듯했다. 드디어 이륙하는구나 자, 어서 출발! 이미 마음속에서는 멋대로 비행기를 하늘 높이 띄웠지만 현실에선 결국 또 이륙에 실패했다. 라나이 섬에 강풍을 동반한 폭우가 내리는 중이라 이륙 허가가 나지 않은 것이었다. 활주로 위에서 허망하게 시간을 보낸 비행기는 다시 탑승구로 돌아왔다.

직원은 조금만 더 기다려달라고 말했다. 승객들은 조금 지친 듯했지만 여전히 평화로웠다. 한 아이가 '왜 집에 안 가'는지 묻자 그 아버지는 '안 가는 것이 아니라 못 가는 것이라고, 아빠가 해줄 수 있는 게 없다고' 말했다. 비행이 두 번이나 취소되어서 그런지 탑승구 앞 승객이 눈에 띄게 늘었다. 다음 비행기 편을 예약한 탑승객까지 몰린 것이었다. 호놀룰루 여행을 시작한 지혜에게 '잘 도착했어?'라고 메시지가 왔지만 답하지 않았다. 멋진 라나이 풍경으로 답하고 싶었으니까. 두 시간 정도 더 기다렸다. 시계는 오후 다섯 시를 훌쩍 넘겼고 창 너머로 보니 일몰의 기운이 공항을 서서히 물들이고 있었다. 호놀룰루 공항에 도착한 이후 한 끼도 못 먹은 상황이었다. 허기졌지만 언제 탑승해야 할지 모르니 꼼짝도 할 수가 없었다. 마침내 다시 탑승하라는 방송이 흘러나왔다. 배고픔 때문인지, 빨리 라나이에 가고 싶은 마음 때문인지 급하게 일어나 줄을 섰다.

세 번째 탑승. 제발 좀 뜨자는 마음이 간절했다. 절실한 바람이

기장에게도 전달된 걸까 아니, 하늘에 가닿았나 보다. 드디어 프로펠러 진동 소리가 기내에 울렸다. 비행기가 가뿐하게 날아오르자 탑승객 모두 한마음으로 박수를 치며 환호했다. 승객들의 수다와 웃음소리가 기내를 가득 메웠다. 긴장했던 마음이 스르르 녹자 나는 배고픔도 잊고 절로 단잠에 빠졌다. 짧은 비행 시간 동안 푹 자고 일어나 창문 아래를 보았다. 작은 섬 라나이가 눈에 들어왔다. 호텔에 도착하면 무엇부터 먹을까 행복한 고민에 빠졌다. 행복도 잠시, 비행기가 한자리에 머물고 있다는 느낌이 들었다. 기장의 목소리가 들렸다.

"현재 라나이 상공에 강력한 바람이 불고 있어 착륙 허가를 기다리는 중입니다."

나의 앙증맞고 사랑스러운 비행기는 라나이 섬 상공을 뱅뱅 돌다 결국 호놀룰루 공항으로 돌아왔다. 그렇게 그날 라나이로 향하는 비행기 운항은 모두 끝나버렸다. 하지만 현지 주민들이 있으니 특별 편이 편성될 거라고 찰떡같이 믿었다. 참을 수 없는 허기가 밀려와 공항 내 식당으로 향했다. 불안한 마음 때문에 편히 앉아 먹을 수가 없었다. 음식을 포장해 탑승구 앞에서 허겁지겁 먹는데 리조트 직원이 나를 찾았다.

"오늘 비행은 더 없을 거예요. 하룻밤 묵을 곳을 찾으세요."

오 마이 갓! 평소 자주 묵는 숙소 사장님에게 연락하니 방이 하나 남았다고. 리조트 직원에게 상황을 설명하고 항공편을 변경했다.

이튿날 새벽같이 일어나 아직 어둠에 쌓인 호놀룰루 공항을 다시 찾았다. 다행히 날씨는 매우 맑았다. 부디 어제와 같은 역경은 다시 없길. 어제 온종일 공항에서 함께 대기했던 탑승객들이 보였다. 그들과 나는 너무도 순조롭게 라나이에 도착했다. 나를 데려가려고 리조트 직원이 나와 있었다. 이른 새벽, 지나는 이 하나 없는 2차선 도로를 달려 숙소에 도착했다. 하와이 섬 중에서 가장 작지만 가장 호화스러운 라나이. 역경 끝에 나는 포시즌스 라나이 리조트에 입성했다.

"이런 적 한 번도 없었는데 어제는 정말 저희도 놀랐어요."

체크인 직원의 말에 웃으며 답했다.

"비행기에 탔다 내렸다 반복하는 게 정말 힘들더라고요."

객실에 도착한 나는 영화 〈이웃집에 신이 산다(The brand New Testament, 2015)〉 속에 나오는 대사가 떠올랐다. 신의 딸 에아가 바깥세상에 나와 처음 만난 사람에게 건넨 말.

"천국은 여기예요."

인천 공항 출발에서부터 30여 시간. 그렇게 나는 잊을 수 없는, 눈 감으면 떠오르는 궁극의 파라다이스를 만났다. 언제나 좋은 하와이지만 2월의 하와이는 변덕스런 하늘로 내게 찬물을 끼얹는 듯했다. 하지만 나는 안다. 어느 노래 가사처럼 귀한 건 쉽게 얻어지지 않는다는 걸.

거북이 발목을 잡는다

놀라운 환대

새 한 마리가 쉬지 않고 아침 인사를 건넸다. 덕분에 여섯 시도 되지 않아 눈이 떠졌다. 현지인은 새소리에 익숙해졌는지 이와 상관없이 숙면을 취하는 듯하다. 몇 번이나 경험하는 일이고 3주 넘게 있었지만 여전히 새소리는 알람을 대신한다. 언제나 꾀꼬리 같은 지저귐이지만 가끔 몹시 피곤한 날이면 '아이고 새야!' 하는 짧은 원망도 해본다. 내가 잠에서 깬 걸 알았는지 새는 잠시 숨고르기에 들어갔고 그 사이 나는 다시 새근새근 잠이 들었다.

한 시간쯤 눈을 붙였을까. 이번에는 창가를 두드리는 빗소리에 잠을 깼다. 촉촉 떨어지는 비가 땅을 적시고 숙소 앞 정원의 헬리코니아, 히비스커스, 코르딜리네 등 꽃 향이 더 깊게 방으로 스며들었다. 3월 중순, 창문을 살짝 열어두고 잤지만 전혀 춥지 않았다. 창 너머 빗소리가 점점 굵어졌다. 빗소리에 귀 기울이며 오전 여유를 즐기다 느즈막히 차에 올라탔다. 온 섬이 구름에 갇힌 듯싶었다.

5분쯤 이동했을까. 단지 몇 개를 지나니 먹구름은 온데간데 없이 사라졌다. 이른 아침 내린 비로 촉촉했던 잔디는 어느새 말라 뽀송뽀송한 초록의 싱싱함이 가득했다. 그 위로 거대한 구름이 솜사탕처럼 뭉게뭉게 피어올랐다. 손 내밀면 닿을 것만 같았다. 창문을 내리고 손을 뻗었다. 저 멀리 바다가 하늘인지, 하늘이 바다인지 구분이 되지 않았다. 도로변 나무로 만들어진 오래된 전봇대. 그리고 이를 잇고 있는 몇 개의 전선들마저 이색적이었다. 따스한 볕과 날씨, 라디오를 통해 흘러나오는 음악에 덩달아 어깨가 덩실덩실했다.

남편이 잡은 운전대는 파이아 마을을 지나는 36번 도로를 따라 하나 로드로 굴러갔다. 오밀조밀 변함없이 그대로인 파이아 마을을 지나며 옛 추억에 젖었다.

"내가 잘 입는 화이트 진 샀던 숍 그대로 있다. 예쁜 옷 많았는데 또 가볼까?"

"피시 마켓은 공사를 다 마쳤네. 벽 색깔 참 예쁘다."

"젤라또 가게는 이사했어. 그 자리에 쉐이브 아이스가 생겼어!"

"여기 이 주유소는 파이아 마을 터줏대감인거 같지?"

변한 듯 변하지 않은 마을을 보며 수다 떠는 동안 하나 로드 초입에 있는 호오키파아 비치에 도착했다.

비치 전망대에서 마우이 북쪽 경관을 한눈에 담았다. 비치에 유독 서핑을 즐기는 이들이 많았다. 파도는 어쩜 힘이 그리도 셀까? 수많은 서퍼를 꽤 높이 들어 올렸다. 비치 초입에서는 이 파도를 즐기기 위해 패들링 해가는 커플과 부녀도 보였다. 시야를 조금 돌리니 푸른 바다 위로 경계를 드리운 초록빛 초원이 펼쳐졌다. 몇 마리 소와 망아지들이 망중한을 즐기고 있었다. 개도 한두 마리 보였다. 해변으로 내려가보자 싶어 다시 핸들을 잡고 주차장으로 향했다.

일요일이라 그런지 휴일을 즐기기 위해 로컬들이 많이 나와 있었다. 이곳은 서핑을 즐기는 비치로도 유명하지만 바다거북 명당으로도 알려졌다. 한국에서 좀처럼 보기 힘든 거북을 하와이 전 섬에서 어렵지 않게 만날 수 있다. 흔하게 볼 수 있지만 볼 때마다 새로운 건 무슨 까닭일까. 해변 오른쪽 끝 거북이 올라올 만한 장소로 향했다. 이미 몇몇 사람이 모여 있었다.

"세상에. 이게 무슨 일이야!"

모래사장을 거북이 가득 채우고 있었다. 말 그대로 거북 세상이었다. 물속도 아닌 물 위에 거북이 셀 수도 없이 많다니. 이건 뭐, 거북 대란 수준이었다. 거북의 등은 암석의 색과 닮았다. 거북인지 암석인지 구분하기 힘들 정도로 수많은 거북이 해변으로 올라와 쉬고 있었다. 구경하는 사람들 가장 앞쪽까지 올라온 거북은 언제 뭍으로 올라왔는지 가늠하기 어려웠다. 거북 뒤에 또 거북이 몸을 붙인 채 있고 그 뒤로도 거북 행렬은 놀라울 정도였다. 쉬기 위해 바다에서 모래사장으로 올라오는 거북. 물속으로 다시 들어가는 거북.

호오키파아 비치, 마우이

헤엄을 치는지 파도에 밀려오는지 모를 거북 등 수많은 거북이 시선을 사로잡는 이곳은 마치 거북 정류장처럼 보였다.

"도대체 몇 마리야?"

헤아리고 헤아리다 중간에 포기했더니 누군가 옆에서 대신 그 수를 헤아렸다. 처음에는 열아홉 마리에서 시작했다. 파도에 밀려와 모래사장으로 올라오는 거북이 계속 보였다. 그 사이 모래사장에서 바다로 빠져나가는 거북도 있었다. 거북이 서른두 마리까지 늘었다. 눈을 껌뻑이고 하품을 하고 발길질도 한 번씩 하다 앞으로 엉금엉금 기어나가는 거북들 모습에 발목이 잡혔다. 거북의 모습을 담기 위해 그 앞에 선 인간은 자세를 낮춰가며 쉬지 않고 셔터를 눌렀다.

유심히 관찰하니 나보다 더 오래 살았을 법한 거북도 종종 보였다.

"얘는 새끼고 쟤는 엄마인가 봐."

"거북이는 나이가 들수록 등껍질 무늬가 늘어난다는데 도대체 몇 년을 산 걸까?"

남편과 이야기를 나누다가 고개를 돌렸더니 옆에 경찰이 서 있었다. 그가 가진 무전기에선 알 수 없는 소리가 흘러나왔다. 누군가 신고를 한 모양이었다. 그만큼 흔치 않은 일이었던 것이다. 사람이 거북을 해치지 않고 거북도 인간을 해치지 않는 이상 경찰이 할 수 있는 일이란 없는 게 당연했다. 궁금해서 물었다.

"여기 원래 이렇게 거북이가 많아요?"

그러는 사이 거북은 쉰 마리까지 늘었다. 경찰의 한마디.

"거북이를 쉽게 볼 수 있는 곳은 맞지요. 그런데 오늘은 너무 많네요."

정말 많아도 너무 많았다. 마우이 북쪽 바다 거북들이 정기 모임이라도 하러 온 걸까. 왠지 이 거북 친구들과 함께라면 옥황상제를 만나러 가는 길이 심심하지 않을 듯했다.

"당신들 오늘 운이 좋은데요?"

경찰은 이렇게 말하고서 자리를 떠났다. 그 자리에 있던 여행객들은 너나없이 다들 동의하는 분위기였다. 대부분 이렇게 많은 거북을 본 적은 없으니 말이었다. 운수대통을 바라며 두 손을 정성껏 모아 소원을 빌었다. 그렇게 거북에게 완전히 사로잡힌 사이 하늘에는 먹구름이 드리워졌다.

서퍼에게는 거대한 파도를, 거북에게는 따스한 볕을, 그리고 여행자들에게는 황홀한 풍경을 선사하는 호오키파아 비치. 하와이어로 '환대'를 뜻한다는 호오키파아, 그 이름 그대로 이곳을 스치는 모든 것을 반갑게 맞이하는 듯하다.

내가 뭘 그렇게 잘못한 걸까?

마우이에서 만난 복병

마우이 섬은 형태가 마치 사람의 머리와 몸통 같다. 머리 모양인 마우이 서쪽 동그라미를 작은 동그라미, 사람의 몸통 같은 동쪽을 큰 동그라미라고 부른다. 카훌루이 공항을 중심으로 동서로 나눈다고 생각하면 쉽다. 서쪽의 작은 동그라미 코스를 드라이브하기 위해 길을 나섰다. 라하이나를 출발해 카아나팔리와 카팔루아를 지나 호놀루아 베이까지 가는 경로였다. 가는 내내 수려한 해안선에 감탄하고 투명하리만큼 깨끗한 바다를 즐기는 이들에게 완전히 사로잡혔다. 마치 한 폭의 풍경화 같은 절경에 차를 멈출 수밖에 없었다. 하늘에 드론을 띄웠다. 드론은 위윙 하고 떠올라 순식간에 하늘 높이 올랐다.

30번 도로 끝까지 달리니 올리바인 풀스가 보였다. 바닷물이 만든 천연 수영장인 이곳에서 인명 사고가 몇 차례 일어난 까닭에 중간중간 추모비가 서 있었다. 이후 이어지는 340번 도로 일부 구간은 몹시 위험하여 렌터카를 운전하다 사고가 나더라도 보험을 적용받을 수 없었다. 나 홀로 여행했다면 들를 생각조차 하지 않았겠지만 그날은 출장차 나선 길이라 용기를 냈다. 함께 가이드북을 집필한 마할로 씨는 조수석에 앉아 사진을 찍고 핸들은 내가 잡았다.

"이런 경험도 가이드북에 도움이 될 테니 제가 운전할게요."

"할 수 있겠어?"

당당하게 말하는 나를 마할로 씨가 걱정스레 바라보았다. 차가 들어갈 입구와 저 멀리 빠져나갈 출구 쪽만 눈에 들어왔고 중간 구간은 전혀 시야에 잡히지 않았다. 어떤 길이 펼쳐질지 짐작할 수도 없는 상황. 우거진 숲에 가린 구간을 구글 지도로 확인했다. 구불구불한 산길이 몇 킬로미터쯤 계속되는 듯했다. 마할로 씨가 옆에서 나직이 말했다.

"여기, 1차선 도로야."

스스로를 믿어보기로 하고 출발. 도로 폭이 점점 좁아졌다. 앞차와 간격을 두고 천천히 핸들을 움직였다. 꽤 한가로운 주행 속 적막을 깬 건 난데없이 등장한 인물의 엄청난 욕설이었다. 맞은편에서 오던 운전자가 차창을 내리더니 알아듣기도 힘든 욕을 해대고 있었다. 물론 나에게 말이다. 남자는 더욱 언성을 높이는 것도 모자랐는지 손가락 제스처를 더했다. 폭이 좁은 도로에 아슬아슬 마주한 차량 두 대. 남성의 큰 목소리가 내 귓가에 한참 동안 맴돌았다. '제가

호놀루아 베이, 마우이

대체 뭘 잘못했나요?'라며 따져 묻고 싶었지만 이미 흥분할 대로 흥분한 상대방을 보니 일단 후진부터 해야 할 것 같았다. 살면서 들은 욕 중 가장 어마어마한 소리를 들어서인지 정신이 혼미해졌다. 귀를 닫으려고 애쓰면서 후진. 욕쟁이 남성 뒤로 차량 몇 대가 꼬리를 물고 나왔다. 잠시 숨을 고르는데 현지인처럼 보이는 사람들이 탄 오토바이가 잽싸게 나타나 우리 차 앞에 멈췄다. 마할로 씨가 좋은 예감이 들었는지 말했다.

"오, 잘됐다. 이 오토바이 따라가자."

때마침 나침반이 되어준 오토바이가 미끄러지듯 출발했다. 맞은편 차량들의 뒤꽁무니를 사이드 미러로 확인하던 나도 재빨리 액셀 페달을 밟았다. 오토바이는 몇 분 동안 순탄하게 이동하다가 속도를 줄였다. 그제야 도로의 정체가 눈에 들어왔다. 한계령과 대관령의 옛길을 합쳐놓은 듯한 도로를 보니 정신이 번쩍 들었다. 도로에는 안전을 보장해줄 만한 난간이나 신호등 따위가 전혀 없었다. 갓길 없음, 낙석 주의, 좁고 구불구불한 길, 시속 15마일 이하를 알리는 표지판이 차례로 보일 뿐이었다. 그러한 길이 8마일이나 이어졌으니 각오 단단히 하라는 메시지가 유독 눈에 띄었다.

차량 한 대가 겨우 지날 수 있는 이 구간을 겁도 없이 왜 왔을까. 그렇다고 이제 와서 물러설 순 없었다. 현지인 오토바이가 있잖아. 믿고 가보는 거야. 그 와중에 맞은편에서는 차가 계속 들어왔다. 갓길 없는 좁은 도로에 커브까지 많아 차량 두 대가 나란히 지나갈 수 없었다. 앞에서 오는 차량, 뒤에서 오는 차량이 엉켜 아수라장이 되었다. 가드레일 하나 없는 아찔한 절벽 위. 차들은 멈춰 선 지 오래고 차 핸들을 살짝만 틀어도 다른 차량 사람들이 어어 하며 소리를 질렀다. 누군가의 통제가 필요한 상황.

오토바이에 타고 있던 일가족이 일사불란하게 움직이기 시작했다. 순식간에 오토바이에서 내리더니 복잡한 도로를 정리하는 게 아닌가. 빨간 망토만 걸치지 않았을 뿐 슈퍼맨이나 다름없었다. 누군가가 소리치면 다른 누군가가 답하면서 이리 뛰고 저리 뛰자 차량 흐름이 가능해졌다. 마주 선 차 두 대가 겨우겨우 비켜갈 때마다 심장이 요동쳤다. 몇 번의 후진과 전진 끝에 끔찍한 마의 구간을 탈출했고 몇몇 집이 보였다. 목적지인 카하쿨로아 마을이었다. 이런 곳에 마을이 다 있다니! 카하쿨로아는 작은 동그라미의 유일한 마을이다. 빼어난 경치를 자랑하는 곳이었지만 나의 영혼은 아직 마의 구간에 갇혀 있는 듯 멍했다. 정신을 차리려고 눈을 몇 번 깜빡이는 사이 오토바이 가족들이 시야에서 유유히 사라졌다.

그날은 미국의 마더스 데이(Mother's Day)였다. 5월 둘째 주 일요일, 우리네 어버이날과도 같은 공휴일이다 보니 현지인과 여행객이 뒤섞여 인파로 가득했다. 게다가 편도 1차선의 좁은 도로는 어느새 2차선 도로가 되어 금방이라도 펑 터져버릴 상황이 연출됐다. 등줄기에 땀이 서늘하게 맺힐 만큼 팽팽한 긴장감. 우여곡절 끝에 360번 도로가 끝났고 우리는 말끔하게 포장된 아스팔트 도로 위를 달릴 수 있었다. 사실 난생처음 곡예 운전을 다 해본 마의 구간보다 도로에 들어설 때 들었던 무시무한 영어 욕설이 더 끔찍했다.

너무 끔찍해서 오히려 머릿속에서 지워진 걸까. 지금은 떠오르지 않는 단어들이 그땐 얼마나 무서웠는지 모른다. 어쨌거나 나는 작은 동그라미 코스를 그 누구에게도 추천하지 않는다. 아니 누가 먼저 물어볼 때를 제외하곤 말도 꺼내지 않는다.

참치는 의외로 앙증맞다

호놀룰루 피시 옥션

여행에서 만난 지원네 가족에게 느닷없이 초대받아 카일루아에 있는 그의 집을 찾았다. 우리 부부 말고도 또래들이 더 모여 있었다. 마음 편히 이야기를 나누다 보니 시간이 잘도 흘렀다. 테이블 위 음식은 처음 놓였을 때와 다름없는 모양이었고 맥주병만 빼곡하게 늘었다. 다음날 새벽에 참치 경매장 투어를 예약해둔 터라 먼저 일어날까 싶었지만, 물꼬가 시원하게 트인 대화는 그칠 줄 몰랐다.

으슥한 밤이 되어서야 자리를 털고 일어났다. 주차장에 내려오니 비가 쏟아지고 있었다. 지원네 집 방음이 잘 되는 모양이었다. 아니, 우리의 수다 소리에 빗소리가 묻힌 게 분명했다. 밤 열한 시를 앞둔 시각. 카일루아는 고요했다. 비가 쏟아지는 거리에 존재하는 것이라곤 우리 부부를 태운 차와 가로등뿐. 즐거웠던 저녁 식사를 떠올리자 비에 젖은 몸이 보송보송 마르는 듯했다.

카일루아에서 와이키키로 돌아오는 길은 마치 미시령을 넘는 것과 비슷했다. 마우나윌리를 넘어오는 동안 빗줄기는 더 거세졌다. 와이퍼는 빗소리에 맞춰 움직이는 메트로놈 추처럼 바쁘게 좌우를 오갔다. 남편은 거나하게 맥주를 마셨으므로 내가 대신 운전대를 잡았다. 깊은 밤, 비까지 내리니 운전대를 잡은 양손에 힘이 잔뜩 들어갔다. 오로지 앞만 보며 집중하던 그 순간의 적막을 깨트린 건 날카로운 경고음. 휴대폰에서 울리는 집중 호우 경보였다. 혹여 운전에 방해가 될까 봐 남편은 재빨리 볼륨을 낮췄다.

숙소로 돌아온 후에도 경보음은 몇 차례 더 울렸다. 숙소 전자시계를 확인했다. AM 04:50. 몸이 무거웠다. 여행 온 지 4주차. 그간의 피로가 파도처럼 몰려오는 것만 같았다. 몸이 말을 듣지 않았다. '귀찮음 바이러스'가 온몸에 퍼진 느낌. 겨우 일어나 호텔 창문을 내다보니 파도 위로 떨어지는 빗방울이 선명했다. 한 시간 안에 예약해둔 투어 장소에 도착해야 하는 상황. 이동 거리를 생각하면 한시라도 빨리 나가야 했지만 꾸물꾸물 씻느라 시간을 또 허비했다. 냉동 설비를 갖춘 경매장이 추울 것 같아서 가져온 옷 중 가장 두꺼운 것을 챙겨 들고 양말과 운동화도 준비했다. 연세 지긋해 보이는 호텔 직원에게 우산도 하나 빌렸다.

이른 새벽, 차량 통행이 드문 시각이었음에도 숙소에서 경매장이 있는 호놀룰루 항까지는 20여 분이 걸린다고 했다. 비는 계속 내렸다. 흐린 하늘 뒤로 숨은 햇살 덕분에 사위는 어둠이 짙었다. 차에 시동을 걸었다. 한기가 느껴져 히터를 살짝 틀고 출발했다. 경매장으로 향하는 도로 차선이 잘 보이지 않아 속도를 낼 수 없다. 게다가 노면까지 고르지 못해 엉금엉금 기다시피 운전했다. 그렇게 도착한 미국 유일의 참치 경매장. 코끝으로 짭조름한 항구 냄새가 전해졌다. 평소 비린내라면 질색이지만 어렵게 구한 투어 티켓이니만큼 역한 냄새도 이겨내야만 했다. 크고 작은 배와 냉동차 사이에 있는 경매장 사무실에서 체크인을 마쳤다. 혼자 온 사람도, 동양인도 나 하나였다. 열댓 명 되는 투어 신청자들과 함께 투어에 나섰다.

태평양 참치는 하와이를 대표하는 생선이다. 이곳에서는 '아히(Ahi)'라고 부른다. 최근에는 하와이 참치가 미국을 대표하는 생선 격으로 자리매김했다고. 그래서인지 투어에 함께 나선 이들 전부 미 본토에서 온 사람들이었다. 투어는 오전 여섯 시부터 시작되지만 대량으로 경매되는 생선은 꼭두새벽에 거래를 마친 상태였다. 새벽 한 시 즈음, 만선의 기쁨을 안고 항구로 돌아온 배는 잡아온 생선을 트레일러로 옮긴다. 생선은 경매를 통해 중간상을 거쳐 누군가의 식탁에 오르게 된다. 몇몇 배 위에서는 이미 하루 일과를 마친 동남아 출신 선원들이 빨래를 널며 노곤한 몸과 마음을 달래고 있었다.

작업 중인 배 앞에서 생선 옮기는 과정을 지켜봤다. 속초 앞바다에서 본 적 있는 오징어잡이 배처럼 아담한 배였다. 도르래에 연결된 선은 갑판 아래 창고 쪽에서 쉴 새 없이 움직였다. 선 끝에 작아도 실해 보이는 생선 몇 마리가 달렸다. 생선은 다시 배 앞쪽 얼음이

호놀룰루 피시 옥션, 오아후

수북하게 쌓인 트레일러로 옮겨졌다. 투어 가이드가 말했다.

"자, 여러분 눈앞에 있는 생선이 바로 아히입니다."

뭐? 이게 참치라고? 내가 아는 참치는 엄청나게 컸다. 텔레비전에서 본 참치는 대한민국 여성 평균 사이즈인 나보다 훨씬 큰 생선이었는데. 실제로 처음 본 참치는 거의 귀여운 수준. 내 키보다 한참 작은 것은 물론이고 몸뚱이도 생각만큼 웅장하지 않았다. 텔레비전 속 참치와 같은 모습인 건 오직 하나뿐이었는데 한결같이 입을 헤 하고 벌리고 있다는 것. 약간 실망스러웠지만 거대한 크기의 참치가 분명 경매장 어딘가에 있을 거라며 스스로를 도닥였다. 배에 조금 더 가까이 다가갔다. 생선 대부분은 참치였다. 방수 작업복에 장화를 신은 직원은 끊임없이 얼음을 퍼다 날랐다.

배를 뒤로 한 채 경매장에 들어섰다. 경매가 한창 진행되고 있었다. 코는 기특하게도 이곳의 진한 비린내에 완벽히 적응한 듯했다. 오아후에 있는 크고 작은 해산물 레스토랑은 물론 개인 사업자들이 손님에게 내놓을 생선을 구입했다. 경매에 방해가 되지 않도록 가이드의 안내에 따라 참치를 비롯한 여러 생선을 구경했다.

'오파(Oppa)'라는 재미있는 이름을 가진 생선도 있었고, 생김새나 이름이 낯선 생선도 많았다. 수박 장수가 작은 삼각뿔 모양으로 자른 수박으로 호객 행위를 하듯, 이곳 참치도 꼬리 살을 삼각형 모양으로 잘라 속살이 보이게 진열되었다. 참치마다 살색이 조금씩 달랐다. 가이드가 설명했다.

"살색으로 좋은 참치를 구별합니다. 그보다 먼저 참치 눈이 얼마나 투명한지 보고요."

가이드는 부연 설명을 더했다. 50분가량의 투어가 마무리될 때까지 경매는 계속 진행되었고 참치는 각각 주인을 찾아갔다. 이곳 참치는 냉동 처리를 하지 않는다. 그래서 횟감이든 포케(참치를 깍둑썰기하여 다양한 양념과 버무려 먹는 요리)든 맛이 풍부하고 부드러운 식감을 자랑한다. 신선한 포케 한 접시를 떠올리니 이른 아침임에도 맥주 생각이 간절했다.

숙소로 돌아와 자고 있던 남편을 깨웠다. 옷에 진득하게 밴 비린내를 폴폴 풍기며 말했다.

"나 참치한테 뒤통수 맞은 것 같아! 내가 알던 그 참치가 아니더라고. 정말 귀여웠어."

잠이 덜 깬 남편에게 참치가 얼마나 앙증맞은지 종알종알 늘어놓기 시작했다.

MILKSHAKES
ORGANIC CARROT Juice
KALE LEMONA
GINGER LEMONADE
WATER+SNACKS
ACAI
SMOOTHIES
Acai Strawberries Bananas
Apple Juice Blended THICK
Add extra $1.00 each
BOWLS
Lg.bowl $7.75, Sm.bowl $5.00
Fruit Smoothies
PINEAPPLE JUICE
7 DAYS A WEEK
COLD COCONUT
ALOHA
Made
Local

ALOHA JUICE BAR
Pressed Juices
A
Pineapple ginger
Kale Spinach
B
CASH ONLY
FRESH FRUIT + No Dairy ICE
ALL NATURAL Local Fruits

알로하 주스 바, 카우아이

Part 7

그래도 결국 사람, 또 사람

코리안 비비큐-로라이모네, 오아후

낯선 곳에서 그녀를 만나다

할레이바를 닮은 로라 이모

여행지에서는 어렵지 않게 친구를 사귈 수 있다. 어디에서 누굴 만날지는 예측할 수 없다. 곳곳에서 기꺼이 친구가 되어주는 사람들의 연령과 국적은 제각각이다. 호텔 수영장에서 만난 군인 마커, 파머스 마켓에서 만난 할아버지 폴, 비치에서 만난 슈짱, 셔틀 버스를 운전해주던 캐서린, 쇼핑센터 직원 미코. 이들은 낯선 곳에서 타인을 만나는 기쁨이 얼마나 큰지 알게 해주었다. 우리는 우연히 만나 인사를 나눴고 마치 소개팅하는 사람들처럼 다소 쭈뼛거리며 서로에 대한 탐색전을 펼쳤다. 그리고 이런저런 이야기 끝에 귀한 인연을 엮게 되었다. 마냥 편한 관계는 아니지만 그렇다고 피할 이유도 없는. 이 생경스러운 분위기조차 즐기게 되는 것, 이것 또한 여행의 묘미 아닐까.

현지에 사는 교민을 만날 기회도 더러 생긴다. 바다 트레킹에 함께 나섰던 친구들도 교민이었다. 식당을 운영하는 교민은 좀 더 쉽게 만날 수 있다. 로라 이모도 마찬가지였다. 장기간 여행하면서 한국 음식이 간절할 때 로라 이모가 운영하는 푸드 트럭을 찾았다. 손님이 꽤 많았다. 주문하기에 앞서 인사부터 건넸다.

"안녕하세요."

"어서 와."

손님을 대하는 의례적이고 상투적인 말투가 아니었다. 로라 이모의 인사에는 오랫동안 알고 지낸 사람을 대하는 듯한 친근함이 담겨 있었다. 음식을 다 먹고 나설 때에도 마찬가지였다.

"고마워, 사랑혀."

순간 내 귀를 의심했다. 오늘 처음 본 나를 사랑한다고? 그땐 몰랐다. '사랑혀' 이 세 글자에 담긴 이모의 마음을.

로라 이모를 두 번째로 봤을 때에는 현지에 사는 지인 마할로 씨와 함께였다. 마할로 씨와 이모는 이미 서로 잘 아는 사이. 마할로 씨가 로라 이모에게 나를 정식으로 소개했다. 이모는 매우 격하게 반가움을 표했다. 누군가와 포옹하며 인사하는 건 참 오랜만이었다. 어색했지만 기분은 꽤 좋았다. 그때 나눈 포옹 덕분에 이모와 나의 관계가 더 돈독해지지 않았나 싶다. 내가 음식을 먹는 동안 엄마처럼 살뜰히 챙기는 이모를 보며 '지인이 데려온 사람이라 더 챙겨주나 보다'고 생각했다. 그런데 어느 순간 보니 이모는 오래 알고 지내온 마할로 씨보다 나를 더 챙겨주는 것 같았다. 여행지에서 처음 느껴보는 생경한 기분이 들었다. 그렇게 우리는 연락처를 나눴고, 이모는 다음번엔 꼭 본인 집에서 하룻밤 묵으라고 당부했다.

세 번째 이모를 만났을 때, 나는 시어머니와 함께였다. 네 번째 만남에는 엄마와 이모가 동행했다. 엄마와 이모에게 로라 이모를 소개했다. 핏줄을 나눈 이모와 여행지에서 만난 이모의 조우. 이후에도 나는 여러 번 이모를 찾아갔고 이모는 그때마다 본인의 집에 함께 가자고 했다. 하지만 여행 일정상 번번이 시내 쪽 숙소에 묵을 수밖에 없었다. 이모 집은 와이키키에서 한 시간 거리인 노스쇼어에 있는 까닭이었다.

내가 여행을 마치고 한국으로 돌아와도 이모는 메시지를 보내 안부를 챙겼다. 그 짧은 문장에서 애정이 뚝뚝 떨어졌다. 마치 이모가 내 옆에서 말하는 것만 같았다. 이모의 고된 일과를 이야기할 때면 그녀가 얼마나 외로울까 안쓰러운 마음을 감출 수 없었다. 그러다 다시 하와이로 날아가 이모를 만나면 그렇게 반가울 수 없었다. 이모를 떠올리며 걱정하고 염려했던 마음이 눈 녹듯 사라졌다. 날 보며 환히 웃는 이모 얼굴에서 안도감을 느꼈다.

최근 출장차 하와이에 갔을 땐 이모에게 미리 알리지 않았다. 업무 일정 때문에 이모를 보러 갈 수 있을지 의문이었던 까닭이다. 숙소에 짐을 풀고 약간의 여유가 생겼다. 무작정 이모네 트럭으로 향했다. 이모는 얘가 지금 여기 어쩐 일일까 싶은 표정으로 나를 맞았다가 이내 말했다.

"밥은 먹었냐?"

아무래도 내 얼굴에 '이모 나 밥 줘'라고 써 있었나 보다. 이모는 말없이 삼겹살을 넣은 김치찌개와 김이 모락모락 피어오르는 밥 한 공기를 뚝딱 차려주었다. 급할 이유 하나 없는데 혹여 내가 배고플까 봐 서둘러 준비하는 이모 모습에 마음이 짠했다. 며칠 뒤 정말 이모 집에서 하루 신세 져야 할 일이 생겼다. 조심스레 이모에게 연락했다.

"이모, 나 하루 묵을 수 있을까요?"

이모는 기다렸다는 듯 본인 방이라도 내줄 기세였다. 일정을 마치고 이모 집에 도착한 건 밤 아홉 시가 넘어서였다. 이모가 다음 날 장사를 위해 하루를 마감하는 시각이었다. 그럼에도 이모는 내가 저녁을 걸렀을까 봐 음식까지 준비해두었다. 이모가 차려준 밥상 앞에 앉았다. 이모는 무겁게 내려앉는 눈꺼풀에 애써 힘을 주며 밥 먹는 내 모습을 지켜봤다. 너무 미안하고 고마워서 재빨리 식사를 마쳤다.

이튿날 아침, 이모가 물었다.

"오늘 일정이 어떻게 돼?"

오아후 북서쪽에 있는 카에나 포인트를 트레킹 하려던 계획이었다. 그날은 이모부가 장사를 맡아주는 날이라고 했다. 이모는 본인도 꼭 가보고 싶은 곳이었다며 함께 가자고 손 내밀었다. 그렇게 느닷없이 우리는 트레킹 동행자가 되었다. 카에나 포인트는 땡

별 아래 비포장 길을 왕복 네 시간가량 걸어야 하는 곳이다. 물, 초콜릿, 바나나 같은 간식을 넉넉히 챙겼다. 문득 이상한 고민거리가 생겼다. '이모랑 네 시간 동안 무슨 이야기를 하지? 같이 걷는 게 어색하고 불편하면 어떡해?' 하고 말이다. 역시 기우에 불과했다. 출발과 동시에 이모는 그간 살아온 이야기보따리를 하나씩 풀어놓기 시작했다. 1년에 많아야 두 번 보는 타인에게 자기 인생과 속마음을 비친다는 건 쉽지 않은 일이다, 적어도 나로선. 이모가 하와이에 정착하게 된 계기, 그동안 겪은 마음고생 등을 듣다 보니 카에나 포인트 종착지에 도착했다.

카에나 포인트는 동식물 보호 구역이다. 천연기념물인 앨버트로스의 거대한 서식지가 있고 야생 바다표범인 하와이안 몽크실이

카에나 포인트 주립공원, 오아후

휴식을 취하는 곳이기도 하다. 이모는 땅에 굴을 파서 둥지를 만들어 지내는 앨버트로스를 신기하게 바라보았다. 마치 어린아이처럼 눈을 동그랗게 뜬 이모 얼굴은 절대 잊히지 않는다.

"얼른 사진 찍어야지."

우리는 사람의 시선에도 아랑곳하지 않는 새를 카메라에 담느라 분주했다. 이 풍경과 이모의 모습을 내 마음에 꾹꾹 담아 셔터를 눌렀다. 적당히 앉을 수 있는 자리를 찾아 간식을 먹기로 했다. 그늘 한 점 없었으나 간간이 불어오는 바람결에 그나마 쉴 수 있었다. 울려 퍼지는 파도 소리가 그간의 피로를 말끔히 씻어주는 것 같았다.

돌아오는 길에도 이모의 인생사는 계속 이어졌다. 기나긴 이야기 끝에 이모가 물었다.

"쿠아아나이아 버거 먹어봤어?"

쿠아아나이아 버거는 하와이를 대표하는 버거다. 요깃거리를 챙겨갔지만 끼니를 해결하기엔 턱없이 부족했는데, 이모는 그곳 햄버거를 먹고 싶어 했다. 햄버거 가게는 이모 집에서 300미터도 채 되지 않는 거리에 있었다. 그럼에도 갈 기회가 한 번도 없었다는 이모 말에서 씁쓸함을 느꼈다. 그렇게 이모와의 짧은 소풍은 햄버거로 마무리했다.

이모 집으로 돌아와 마지막 여정을 위해 짐을 쌌다. 이모는 내 눈을 마주치지 않았다. 아니, 안간힘을 다해 눈길을 피하고 있었다. 짐을 차에 싣고 정비하는 동안에도 이모는 문밖으로 나오지 않았다. 좁게 열린 문을 사이에 두고 우리는 작별 인사를 나눴다.

"빨리 가."

"알았어요. 나오지 마."

"내가 왜 나가. 안 나갈 거야. 나 잘껴. 얼른 가."

"알았어요. 갈게, 문 닫아요. 얼른!"

우리는 헤어지는 연인보다 더 애틋한 눈길을 나누면서도 맘과 다르게 모진 말을 내뱉었다. 하지만 나는 알았다. 이모도 나도 입술 꽉 깨물고 눈물을 참고 있다는 걸 말이다. 주차장에서 차를 빼는 순간, 보고야 말았다. 창문 사이로 내게 눈길을 떼지 못하고 있던 이모의 모습을.

얼마 전 이모의 소셜 네트워크 서비스 프로필에 이렇게 적혀 있었다.

"성혜야, 고맙구 사랑혀!"

이제는 조금 알 것 같다. 이모와 처음 만났을 때 들었던 사랑 고백에 담긴 진심을. 나이가 다르고 사는 장소가 달라도 친구가 될 수 있다. 마음을 터놓고 이야기 나눌 수 있는 상대. 로라 이모는 그렇게 세대 차이를 뛰어넘어 하와이가 내게 만들어준 진정한 친구다. 옛 하와이 모습을 간직한 할레이바는 와이키키와 달리 정겹고 포근하다. 참 따스한 그곳에 있는 로라 이모는 할레이바를 꼭 닮았다.

하와이라면 뭐든지 오케이? 오케이!

시어머니와 단둘이 떠난 여행

하와이에서는 하루하루 시간 가는 것이 아쉽기만 하다. 여행을 마치고 한국에 돌아오면 하와이에 대한 그리움이 마구 사무친다. 거의 병이 날 지경인데, 그 먼 곳에 있는 섬이 그리워 병까지 날 줄이야. 하와이에 대한 향수가 걷잡을 수 없이 커질 때면 어김없이 항공권 예매 사이트를 기웃거린다. 항공사 프로모션 상품은 없는지, 언제 예매해야 조금 더 저렴할지 찾아보며 마음을 달랜다.

하와이에 다녀온 지 얼마 지나지 않았을 무렵. 병이 도져 또 항공권을 검색하며 시간을 보냈다. 시어머니와 여름휴가를 함께 보내기 위해 일본행 티켓을 예약해둔 시점이었다. 주변 사람들은 시어머니와의 여행 소식에 부정적인 반응을 보였다. 뭘 하든 눈치가 보일 거라느니, 시어머니와 함께인데 어떻게 휴가일 수 있느냐는 등 저마다 고개를 저었다. 그런 말에는 전혀 신경 쓰지 않았는데 결정적인 것을 간과하고 있었다. 바로 일본의 여름 날씨. 출발 예정일이 7월 초라는 말에 일본에서 유학하고 온 동생이 혀를 찼다.

"미쳤어? 7월이면 일본이 가장 덥고 습할 때라고. 근데 거길 누구랑 가?"

"아, 이미 시어머니랑 이야기한 터라 꽤 기대하고 계실 텐데 어쩌지?"

그날 저녁 남편과 상의했다. 그는 아주 쿨한 답을 제시했다.

"그럼, 하와이 어때? 하와이 다녀와!"

하와이. 나는 좋은데 과연 어머니가 좋아하실까. 아주 조금 망설였지만 이내 하와이로 떠나자 마음먹었다. 하와이가 그리웠고 내가 사랑하는 하와이라면 누구와도, 언제라도, 어떤 시련이 닥쳐와도 괜찮을 거라고 믿었다.

"그래, 좋아. 하와이라면 무조건 좋아. 오케이!"

부랴부랴 항공권과 숙소를 예약했다. 시어머니 여건상 여행 기간은 일주일 정도가 적당했다. 5박 7일 일정으로 여행 계획을 짜는데 남편이 달콤하게 한마디를 더했다.

"어머니랑 여행하면 제대로 쉬지도 못할 텐데. 어머니 먼저 들어오시게 하고 당신은 며칠 더 쉬다 와!"

속으로 쾌재를 불렀지만 겉으로는 짐짓 무심하게 그럴 필요까진 없다고 대꾸했다. 물론 이후에 항공권을 재빨리 변경했고 마음은 한껏 부풀었다. 모두 남편의 배려 덕분이었다. 시어머니와 하와이로 떠날 계획이란 말에 지인들은 전보다 더욱 격하게 부정적인 반응을 보였다. 시어머니와 함께 여행을, 그것도 하와이로 갈 생각을 하다니 진짜 효부 났다는 반응들. 그러거나 말거나 출발 날짜를 기다렸고 그렇게 시어머니와 단둘이 여행길에 나섰다.

호놀룰루 공항은 여전히 날 반겼다. 어머니도 첫 해외여행을 기쁘게 즐기는 듯 보였다. 늘 찾던 숙소에 마침 방 하나가 비어 있었는데 굳이 각방을 쓰고 싶진 않아 어머니와 한 방을 쓰기로 했다. 어머니가 좋아할 만한 코스로 일정을 짜고 어머니와 함께 할 수 있는 액티비티를 예약했다. 어머니의 입맛을 고려해 솜씨 좋은 한식집도 몇 군데 알아뒀다.

첫날은 와이키키 시내에서 일몰을 감상하기로 했다. 나는 어머니의 개인 가이드를 자처했다. 하와이에 대해서라면 모르는 게 없는 척척박사 코스프레를 하며 끊임없이 설명했다. 일정이 반쯤 지났을 때 헬기 투어에 나섰다. 어머니는 손사랫짓했다.

"비행기 타면 됐지, 헬기는 무슨 헬기야?"

"한국에선 헬기 타기 힘들잖아요."

긴 설득 끝에 어머니와 함께 헬기장에 도착했다. 헬기는 균형에 민감한 비행체라 탑승 전 몸무게를 측정한 후 자리를 지정한다. 보통 한 헬기에 여섯 명이 탑승하는데 일행이 아니더라도 지정해주는 자리에 탑승해야 한다. 이왕이면 시야가 탁 트인 자리를 배정받고 싶었다. 시어머니를 모시고 여행 온 나의 갸륵한 마음을 알아준 걸까. 우리는 기장 옆 좌석에 나란히 앉았다. 그야말로 명당이었다. 앞을 가리는 것이 전혀 없기에 투명한 창으로 절경을 감상할 수 있고 사진 찍기에도 더할 나위 없이 좋은 자리였다. 어머니는 다소 긴장한 듯했다. 상공에서 헬기가 방향을 바꿀 때마다 어머니는 내 손을 꼭 잡았다. 하지만 훗날 어머니는 그때가 여행 중 최고의 순간이었다고 몇 번이나 말했다.

운전사에 가이드 역할까지 하느라 체력적으로 힘들 만했으나 여행은 매우 순탄했다. 물론 사소한 일에 신경이 종종 쓰인 건 부인할 수 없다. 여행 마지막 날에도 그랬다. 큰맘 먹고 비치 투어에 나섰는데 어머니가 과연 물놀이를 반길까 염려되었던 것. 그런데 완전한 기우였다. 처음에는 어떻게 수영복만 입고 있느냐며 부끄러워하는 듯했던 어머니는 금세 적응했다.

"여기선 다들 이렇게 다니는구나."

도시락 대신 사온 무스비도 꿀맛이라며 맛있게 드셨다. 그래도 한 가지 고집은 꺾지 않았으니 바로 자리와 짐을 지키는 것. 잃어버릴 만한 귀중품은 없었지만 그래도 어머니는 우리의 자리를 지켜야 하니 번갈아가며 바다에 들어가자고 제안했다. 이 모든 상황을 적극적으로 즐기는 어머니 모습을 보며 모시고 오길 참 잘했다는 생각이 들었다. 우리는 바통을 주고받는 계주 선수들처럼 자리를 바꿔가며 바다를 즐겼다. 어머니는 발을 물 안에 살짝 담그긴 했지만 온전히 들어가진 못했다. 대신 모래사장에 철퍼덕 주저앉아 어린아이처럼 파도와 함께 춤추는 모래를 만지작거렸다. 뛰어가서 더 깊은 바다까지 들어가시라며 등을 떠밀고 싶었지만 우두커니 앉아 어머니의 뒷모습을 바라봤다. 고부 사이가 아닌 그저 여자와 여자로서 그 해변에 남겨진 기분이 들었다. 그녀를 가만히 바라봐주는 것 말고는 할 수 있는 일이 없었다.

집안 형편에 보탬이 되겠다며 꽃다운 나이에 이북 출신 집안으로 시집 온 어머니. 고된 시집살이, 가슴에 자식을 묻어야만 했던 아픔, 남편 대신 가장이 되어 겪은 삶의 무게. 어머니 양어깨에는 세월의 더께가 묵직했다. 분명 여행 내내 행복하다고 그저 좋기만 하다고 하셨는데 뒷모습은 왜 그리 쓸쓸해 보였을까.

어머니는 꽤 오랫동안 바다를 즐겼다. 쌓인 슬픔과 해묵은 상처를 하얗게 부서지는 파도로 씻어냈을까? 손가락 사이로 흘러내리는 고운 모래를 보며 어머니는 어떤 생각을 했을까? 궁금했지만 차마 물을 수 없었다. 그냥 먼저 달려가 고단했을 그녀와 그녀의 삶을 포근히 안아줄걸 하는 뒤늦은 후회가 밀려온다.

하와이라면 무엇이든 가능하리라 믿던 나는 그렇게 시어머니와 단둘이서 5박 7일을 보냈다. 여행 마지막 날 카일루아 비치에서 본 그녀의 뒷모습은 아직도 내게 잔향처럼 남아 있다. 저마다 주어진 인생의 무게가 다를 테니 내가 함부로 어머니의 삶에 대해 평가할 순 없다. 모쪼록 살아온 날보다 가볍고 편안한 날들로 여생을 채우시길 바랄 뿐. 헤르만 헤세는 말했다.

(위) 마카푸우 전망대, 오아후 (아래) 카일루아 비치, 오아후

"매우 불행한 삶이라 할지라도 태양이 빛나고 모래나 자갈 사이에 행복의 꽃이 피는 일도 있다."

어머니가 가진 꽃 중 한 송이쯤은 하와이 여행길에 피었길. 그녀와 함께 꽃피울 수 있는 기회가 다시 주어진다면 주저 않고 또 떠나야지. 하와이가 아니라도 좋다. 물론 하와이라면 더 좋고!

미국 최남단 빵집에서 싸우다

끼니가 될 수 없는 빵

호텔 체크아웃을 마쳤다. 커피 벨트-사우스 포인트-그린 샌드 비치-블랙 샌드 비치를 거쳐 힐로로 들어가는 일정을 짰다. 먼 길을 떠나는 날이라 서둘러야 했지만 늦장을 부린 탓에 오전 열한 시가 다 되어서야 호텔을 벗어났다. 갈 길이 멀었다. 그래도 새롭게 마주할 풍광에 꽤 들떴다. 코나를 벗어난다는 서운함, 힐로라는 새 여행지에 대한 기대감, 빅 아일랜드 여행이 며칠 남지 않았다는 아쉬움이 공존했다.

아침을 든든히 먹었더니 점심시간이 되어도 배고프지 않았다. 나와 남편은 꼬박꼬박 끼니를 챙기기보다 배가 고프면 음식을 찾는 편. 먼 거리를 이동해야 하므로 커피 벨트의 코나 조 커피, 그린웰, 로열 코나에 들러 물배를 채웠다. 평소 커피를 즐기지 않던 남편도 다양한 커피를 시음하며 시간을 보냈다. 그 덕분에 느긋하게 커피 쇼핑을 즐겼다. 커피 농장에서는 원두뿐만 아니라 마카다미아 넛을 비롯한 간식거리도 판매하고 있었다. 시식용으로 마련된 것을 주섬주섬 챙겨 먹으며 식사 시간을 지나치고 말았다.

미국 최남단이라 알려진 사우스 포인트에 도착했다. 눈앞에 펼쳐진 망망대해에 넋을 놓았다. 절경도 기가 막혔지만 그 속으로 퐁당 뛰어드는 용감한 이들의 모습은 더욱 놀라웠다. 그들을 가까이서 보려고 다가갔다. 남편은 내가 헛발이라도 딛을까, 절벽 아래 바닷속에 떨어질까 싶어 안절부절못했다. 내가 절벽 끝에 가까워진다 싶으면 어김없이 내 이름을 불러댔다.

"박성혜, 이리 와! 박성혜, 가지 마!"

"내가 무슨 세 살 먹은 애냐?"

남편은 빨리 절벽을 벗어나고 싶은 눈치였다. 사람이 공포를 느끼기 딱 좋다는 12미터 절벽. 그곳에서 아무렇지 않게 뛰어내리는 이들의 다부진 신체와 용기에 몇 번이고 감탄하며 우리는 그린 샌드 비치로 핸들을 돌렸다. 초록색 해변이라니 멋지지 아니한가! 기대에 잔뜩 부푼 채 해변 주차장에 들어서는데 한 꼬마 아이가 막고 섰다.

"여기 들어갈 수 없어요."

"왜?"

"여기 오프로드거든요!"

선택의 여지가 없었다. 꼬마의 호객 행위에 홀라당 넘어갔다.

사우스 포인트, 빅 아일랜드

1인당 15달러를 내고 오프로드에 능숙한 노인이 운전하는 트럭으로 옮겨 탔다. 운전자는 다름 아닌 꼬마의 할아버지였다. 트럭을 타고도 20여 분을 더 이동했다. 우리는 덜컹거리는 차 안에서 모래 먼지를 잔뜩 마시면서도 연신 외쳤다.

"역시 돈 내고 타길 잘했어."

우리말을 알아들을 리 없는 데도 핸들을 잡은 할아버지가 따라 웃었다. 트럭은 만차였다. 트럭 내부는 물론이고 큰 짐을 싣는 외부 트렁크까지 그린 샌드 비치로 향하는 이들로 꽉 찼다. 앉을 수 있는 모든 곳을 채운 사람들은 흡사 피난민 같기도. 태어난 지 얼마 되지 않은 아기부터 백발의 노인까지 모래바람 풀풀 날리는 길을 달렸다. 거친 길의 울퉁불퉁한 요철에 따라 몸도 들썩들썩. 놀이 기구가 따로 없었다. 그렇게 한참을 달려 목적지에 도착했다. 난생처음 보는 초록 해변이 물감을 풀어놓은 듯 푸른 바다와 닿아 있었다. 신기한 빛깔의 모래를 만져보고 발가락을 꼼지락거리며 감촉을 느껴보기도 했다. 어쩜 초록색 모래가 다 있을까 난상 토론을 벌였지만 얕디얕은 과학적 지식으론 풀 수 없는 문제였다.

주차장으로 돌아오는 길. 또다시 트렁크에 타는 상상만으로도 온몸에 통증이 일었다. 운전석 옆 폭신한 쿠션이 놓인 보조석을 놓치고 싶지 않았다. 서둘러 달려간 덕분에 자리를 사수했다. 그럼에도 불구하고 주차장에 도착하자 엉덩이를 몇 대 맞은 것처럼 얼얼했다.

"과연, 우리가 운전해서 다녀올 수 있었을까? 못 갔을 거야. 생각만 해도 아찔하다, 정말."

급격하게 허기졌다. 부랴부랴 이동했지만 시계는 어느새 오후 네 시를 향하고 있었다.

"조금만 가면 유명한 빵집이 있어. 거기서 배 좀 채우자."

맛좋은 빵을 떠올렸더니 배는 더욱 격렬히 꼬르륵거렸다. 여느 빵집처럼 끼니가 될 만한 플레이트 메뉴가 있을 거라 예상했건만 보기 좋게 빗나갔다. 그래도 다양한 빵, 파이, 샌드위치, 샐러드와 이곳 명물로 꼽히는 스위트 브레드 모두 갖추고 있었다.

"먹고 싶은 거 다 골라."

남편은 샌드위치를 하나 골랐고 나는 파이와 마카로니 샐러드, 그리고 토란과 비슷한 타로로 만든 스위트 브레드도 골랐다. 매장 뒤 정원에 딸린 테이블에서 허겁지겁 배를 채우려는데 남편 표정이 굳어 있었다. 거친 길을 오가는 투어에 지치기도 했거니와 배도 많이 고팠을 테지. 예민해진 남편은 꾸역꾸역 먹는 눈치였다. 입속에 파이를 넣고 우물거리며 하루를 곱씹어봤다. 아침에도 빵 몇 조각을 먹은 게 전부였고 점심은 건너뛰었으니 온종일 빵으로 끼니를 때우는 셈. 내 몫의 빵을 몇 조각 먹다가 조심스레 말문을 열었다. 뒤에 앉아 있던 꼬마 손님들이 심상치 않은 분위기를 파악했는지 자리를 피했다.

"왜 샌드위치가 입에 안 맞아?"

남편은 휴지로 입을 쓱 닦으며 대답했다.

"샌드위치가 어떻게 끼니가 되니?"

"으음, 배고플 때 먹는 건 뭐든 끼니가 되지 않나? 끼니가 뭐 따로 있어?"

"남자들 중에 샌드위치로 끼니를 해결하는 사람이 얼마나 있을 거 같아?"

푸날루우 베이크 숍, 빅 아일랜드

"난 샌드위치랑 커피로 점심 먹는 사람 많이 봤어. 서양에선 빵이 주식이고!"

좀처럼 화낼 줄 모르던 남편의 신경질적인 반응을 통해 새로운 사실을 알았다. 남편에게, 그리고 대다수의 남자들에게 빵은 한낱 간식에 불과하단 것을. 남은 타로 스위트 브레드는 이후 여행길에 남편의 좋은 주전부리가 되었다. 폭신폭신 부드러운 빵을 한 겹 한 겹 찢을 때마다 차 안에 타로 향이 솔솔 풍겼다.

여행을 할수록 사물과 타인에 대한 새로운 시선이 생겨난다. 이미 잘 알고 있다고 여기던 이 세상, 남편, 나에 대한 생각들이 여행을 통해 또 낯설어지고 다양해진다. 미국 최남단에 있는 푸날루우 베이크 숍에서 산 빵 덕분에 오랜 시간을 함께 보낸 남편의 진짜 식성을 알게 되었으니 참으로 고마운 일이다.

하와이, 널 두고 가기 싫어

가시지 않는 애틋함

다음 날에 대한 기대감으로 잠들 수 없던 밤을 기억하는가. 학창 시절 소풍 전야가 그랬고 남편과의 결혼식 전날이 그랬다. 요즘의 나는 여행을 앞둔 늦은 밤이면 잠을 이룰 수 없다. 그럴 때마다 소소한 생필품을 준비하거나 가방을 다시 꾸리며 설레는 마음을 달랜다. 첫 하와이 여행을 계획했을 때 갑자기 남편의 스케줄이 꼬였다. 여행을 이듬해로 미뤄야 하는 상황. 출발 시기가 늦춰지자 하와이에 대한 기대감이 더욱 증폭됐다. 첫 하와이 여행은 서툴기만 했다. 처음은 뭐든 어설픈 법이라지만 지금 돌이켜 보면 뭐 하나 제대로 준비한 게 없었다. 그도 그럴 것이 철야가 밥 먹듯 계속되는 회사 업무에 치여 준비라고는 항공권과 숙소 예약이 전부였다. 첫 여행에 대한 기억은 우리가 마우이 호텔에 도착해 석양을 감상할 때쯤, 한국에서는 제주도로 향하는 배 안에서 수많은 생명이 생사의 경계를 넘나들고 있었다는 것뿐이다.

철저히 준비했던 두 번째 하와이 여행을 마치고 공항으로 향하는 차 안에서 나는 울었다. 도로 위를 비추는 햇빛이 강렬했다. 화창한 날씨 때문에 영문도 모를 눈물이 났다고 둘러댔지만, 무언가 굉장히 아쉬웠다는 뜻이리라. 부지런히 눈에 담고 열심히 마음에 새겼어도 여전히 채워지지 않는 갈증. 그러나 세 번째 여행부터는 한국으로 돌아오는 것이 아쉽지 않았다. 그래야만 다시 떠날 수 있다는 걸 깨달았기 때문이다. 요즘은 일정을 마치고 공항으로 가는 길 '또 올게. 잘 있어'라고 쿨하게 혼잣말을 해본다.

하와이를 여러 번 다녔더니 나처럼 하와이를 다시 찾는 지인도 늘었다. 친구 미선, 소연, 선옥은 셋이서 떠난 하와이 여행이 좋아서 각자 가족과 함께 다시 찾았다. 가족끼리 떠났더니 또 다른 일가친척이 떠올라 대가족이 여행길에 나서기도 했다. 허니문으로 하와이를 찾았다가 결혼기념일에, 태교 여행으로, 아이와 함께 다시 찾기도 한다. 한 섬을 돌아보니 다른 섬도 궁금해져 또 찾고 그렇게 점점 하와이의 매력에 빠진 친구들이 주변에 많다.

여행을 다녀온 이들에게 하와이가 어땠는지 물으면 말이 끝나기가 무섭게 대답한다. '아쉽고 서운하다'고. 여행 일정이 너무 짧아서, 먹고 싶은 것을 다 먹지 못해서, 이웃섬에 가지 못해서, 가고 싶은 모든 곳에 들리지 못해서, 아이가 아직 어린 까닭에 못다 즐겨서, 쇼핑을 마음껏 하지 못해서. 이유는 달랐지만 하와이를 거기에 두고

칼라에파아카이 비치, 빅 아일랜드

와서 아쉬운 마음은 모두 한결같았다. 그들에게 나는 주저 않고 말했다.

"열심히 일하고 또 다녀오면 되지."

한 번으로 만족할 수 있는 여행지가 있을까. 첫 하와이 여행을 준비할 때 하와이를 열 번 다녀온 어느 노년 기자의 이야기를 들었다. 호텔을 하나 정해두고 매번 방문하는데, 한 해 두 해 반복되니 호텔 측에서 아예 그 기자 전용 투숙 방을 만들어 언제나 같은 방을 배정해준단다. 하와이의 매력이 그 정도란 말인가 싶었지만 이젠 그 기자의 마음을 충분히 헤아릴 수 있다. 훌훌 털어버리려 해도 가시지 않는 애틋함.

하와이를 여행하며 만난 몇몇 가족과 '알로하 패밀리'라는 모임도 만들었다. 그들을 만나면 하와이는 가도 가도 아쉬운 곳이 된다. 또한 그들과 나누는 모든 이야기는 기-승-전-하와이! 언제 어디에서나 눈을 감으면 하와이 어느 해변의 기분 좋은 바람과 파도 소리가 귓가를 스친다. 하고픈 말을 다 하지 못했는데 돌아서버린 연인처럼, 하와이를 떠올리면 마냥 아쉽고 마냥 그립다. 하와이가 가진 마력의 출구는 도대체 어디일까. 그래서 다음엔 또 누가 간다고? 서로 묻는 알로하 패밀리의 수다가 끊이지 않는다.

유독 시선을 붙잡는 풍경이 있다

어느 노부부의 뒷모습

하와이는 세계적으로 손꼽히는 여행지답게 다양한 인종이 모여 곳곳을 메운다. 나 홀로 씩씩한 배낭여행자, 우정 여행 중인 친구들, 로맨스 가득한 연인, 단촐한 가족, 몇 대가 모인 대식구 등. 저마다 다른 사연과 일행을 갖춘 그들은 또 저마다 다른 지점에서 여행의 기쁨과 행복을 찾는다. 그들의 환한 얼굴을 훑고 온 바람이 내게 닿으면 함께 웃을 수밖에 없다. 그렇게 행복은 널리 널리 퍼진다. 여행 중 짧게 스치는 인연 중 유독 내 마음을 사로잡는 건 다름 아닌 노부부. 길을 걷다 노부부가 눈에 띄면 한참을 넋 놓고 바라보다가 다시 발걸음을 옮기는데 고개는 금세 또 돌아간다.

언젠가 본 노부부는 여느 여행자들처럼 한껏 홍이 오르지도, 화려한 차림새도 아니었다. 그들은 지극히 평범했다. 대부분 무표정했고 상대방의 존재를 잊은 듯 각자 자기 일에만 몰두했다. 그러다

카일루아 비치 파크, 오아후

문득 나란히 앉아 한 방향을 바라보는 게 아닌가. 묘하게 마음이 뭉클했다.

와이키키 비치에서 만난 노부부는 뭐랄까, 조금 격정적이었다. 멋모르던 스무 살 시절 로맨스보다 훨씬 농익은 그들만의 사랑은 잠자던 나의 애정 세포를 일깨웠다.

카일루아 비치 나무 그늘에서 만난 노부부는 바다가 아닌 서로를 마주 보고 앉아 책을 읽었다. 눈앞에 펼쳐진 고운 모래나 바다 따위보다 그들의 모습이 더욱 매혹적이었다.

리처드슨 오션 파크의 한 벤치에서 말없이 일몰을 즐기던 노부부도 떠오른다. 구름이 자욱하던 하늘을 붉게 물들이며 사그라들던 태양 빛. 그 순간 빗방울이 한두 방울 떨어졌던가. 마치 그림처럼 앉아 있던 그들의 뒷모습은 내게 진하게 각인되었다.

코나 알리 드라이브에서는 옷을 맞춰 입은 노부부를 보았다. 부인은 갈색 셔츠에 흰색 반바지, 남편은 흰색 셔츠에 갈색 반바지를 입었다. 그들은 씩씩하게 양팔을 흔들며 나란히 걸었다. 사람이 살아낸 세월은 대개 얼굴에 묻어난다고 했다. 그런데 뒷모습에도 일평생의 흔적이 담기는 걸까. 그들이 얼마나 오랫동안 함께 해왔는지 알 수 없었다. 그럼에도 자세나 걸음걸이가 '맞아요, 우리 부부예요'라고 말해주는 것 같았다.

'나도 저렇게 잘 늙을 수 있을까?'

노부부에겐 그저 평범한 일상일지도 모를 그 찰나가 여행 중인 내겐 참으로 아름답게 다가온다. 스위스의 미학자인 헨리 프레데릭 아미엘은 말했다.

"늙어가는 법을 안다는 것은 지혜의 걸작으로, 위대한 삶의 예술 가운데서도 가장 어려운 장에 속한다."

하와이에서 만난 노부부들의 모습은 무엇과도 바꿀 수 없는 훌륭하고 아름다운 예술이다. 적어도 나에겐.

사람들은 내 이야기를 완성한다

하와이에서 만난 사람들

친구 아미가 물었다.

"성혜 씨, 하와이에서 매번 좋은 일만 있었던 건 아니잖아?"

"응."

말끝을 흐렸다. 그렇다. 제아무리 하와이를 사랑한다지만 좋은 기억만 있는 건 아니다. 하와이 역시 사람이 일상을 영위하는 곳이며 잠시 일상에서 벗어난 여행자들도 결국 모두 사람 아닌가. 삶이든 여행이든 사람을 뺀다면 마음을 채울 수 있는 것이 과연 얼마나 될까. 텅 빈 공항의 적막함보다 사람 가득한 공항의 분주함이, 조용한 해변의 쓸쓸함보다 북적이는 바닷가의 활기가 더 좋지 아니한가. 사람들은 언제나 내 이야기를 완성하는 데 중요한 역할을 한다.

처음으로 하와이를 찾았을 때 호텔 픽업 서비스를 이용했다. 공항에서 호텔까지 이동하는데 운전기사가 한인 교포 3세였다. 그녀는 호텔로 향하는 내내 미국 문화가 한국 문화보다 우월하다고 강조했다. 한국이 미국을 따라오려면 아직 멀었다는 식의 이야기를 들으며 불편한 마음을 감출 수 없었다.

다시 호텔에서 공항으로 돌아가는 날. 한국이 아닌 로스앤젤레스로 가는 일정이었다. 아마 토요일 저녁이었던 걸로 기억한다. 저녁 일곱 시쯤 처음 보는 운전기사가 호텔 앞으로 픽업을 왔다. 약속 시간에 맞춰 호텔에 온 것까지는 좋았다. 그런데 그다음이 문제였다. 수하물을 싣고 버스에 올라탔는데 보조석에 누군가 앉아 있었다. 여행 첫날 만난 그 한인 교포 3세였다. 버스 안에 다른 사람이 있는지조차 몰랐던 터라 다소 놀랐다. 그런데 그녀는 내게 인사는커녕 멀뚱멀뚱 쳐다만 보는 것이 아닌가!

물론 누가 먼저 인사하는가는 전혀 중요한 문제가 아니다. 다만 반갑게 건네는 인사에 대꾸도 안하는 건 무슨 경우인지 알 수 없었다. 공항으로 이동하는 내내 그녀는 핸드폰만 만지작거렸고 공항에 도착해 헤어질 때에도 보조석 문은 굳게 닫힌 채 꿈쩍도 하지 않았다. 상식적으로 이해가 되지 않아 업체에 사실을 알렸다. 업체 대표는 사업을 시작한 지 얼마 되지 않아 미흡한 부분이 있다며 사과를 해왔다. 그래도 기분은 나아지지 않았다. 그로부터 3년이 지난 어느 날, 친구 원재도 같은 업체에서 비슷한 일을 겪었다고. 시간이 흘러도 나아지지 않는 문제, 그런 사람이 있나 보다.

내가 하와이에 더 깊은 관심을 가지게 된 배경에는 《오! 마이

(위) 존 형제, 칼라파나 라바 하이킹, 빅 아일랜드
(아래) 마크와 브라이언 부자, 카이오나 비치, 오아후

하와이》를 함께 쓴 마할로 씨의 영향이 크다. 현지에 살면서 여행 블로그와 카페를 운영하는 마할로 씨를 통해 하와이에 대한 애정의 씨앗이 싹을 틔웠다. 이후 함께 가이드북을 만들게 된 까닭 역시 하와이에 대한 열정 덕분이다. 여행을 떠나기 전 해당 지역의 온라인 카페에 가입하거나 다른 사람들의 경험과 정보를 공유하는 것이 여행의 가치를 더욱 높여준다는 사실을 알게 된 것도 책을 쓰게 된 계기다. 온라인 여행 카페를 통해 인연을 맺게 된 사람들은 지금의 내게 없어선 안 될 귀한 존재들이다. 특히 앞서 말한 알로하 패밀리는 누가 언제 하와이로 떠나든지 자기 일처럼 기뻐하고 도움을 주는 이들이다.

하루에 한 시간씩 항공권을 검색하며 구매의 적기를 찾는 게 취미인 후균. 처음 봤을 때 그는 신혼여행으로 하와이 네 개 섬을 모두 즐기고 돌아온 직후였다. 허니문을 시작으로 가족이 넷으로 늘어난 요즘, 후균 부부는 끊임없이 하와이를 찾는다. 코나에서 생겼다는 둘째는 애칭도 '코나'다. 오아후를 다녀온 뒤 이웃섬에 하나씩 도전 중인 지혜. 그녀는 운영하는 사업체 이름에 하와이 섬 중 하나인 '라나이'를 붙였다. 수현은 출산 이후 전처럼 하와이에 마음껏 다니진 못한다. 그럼에도 언젠가 다시 떠날 날을 손꼽아 기다리는 그녀를 응원한다. 김 이사는 초등학생인 아이들의 기본 출석 일수가 채워지면 무조건 하와이로 떠난다. 초등학교 2학년인 큰아이는 눈 감고도 하와이 지도를 그린다고. 모자섬 바다 트레킹 후 전우애가 생긴 선하와 DJ는 하와이에 두고 온 내 남매 같다. 천사가 아닐까 싶을 만큼 선한 선하와 나보다 어려도 속은 더 깊은 DJ는 하와이를 갈 때마다 꼭 만난다. 하와이 단골 숙소의 사장님도 이제는 '하와이 오빠'로 부를 만큼 감사한 은인이다.

라바를 보겠다며 헤매던 나와 끝까지 동행한 존 형제. 그중 형인 저스틴은 빅 아일랜드 파호아에 살고 있었는데 지난 2018년 라바 분출 때 피해는 입지 않았을지 걱정이다. 파머스 마켓에서 홀로 밥 먹던 내게 합석을 제안한 론 부부는 보스턴에 산다. 오아후에서 단 한 번 만났을 뿐인데 요즘도 가끔 메일로 안부를 전해온다. 내외 중 남편은 내게 북한 이야기를 계속해서 당황했는데 나중에 알고 보니 그는 미국에서 꽤 유명한 트레일 전문가라고. 이미 몇 권의 책을 낸 작가이기도 해서 북한 이슈에 관심이 많단다.

7개월 된 아기 브라이언과 그 아빠도 기억난다. 아기의 투명한 회색 눈동자에 반한 내게 아기 아빠는 어디서 왔느냐고 물었다. 아기 아빠의 이름은 마크. 그는 UCLA(University of California, Los Angeles)에서 19세기 미국 문학을 가리키는 교수였다. 내가 작가라고 말하자 그는 궁금한 게 많다며 하나하나 진지하게 물었다. 그가 한국 문학은 잘 모르니 작가를 추천해달라고 말했는데, 그 순간 입 밖으로 튀어나온 인물은 바로 '박경리'였다. 일상으로 돌아간 그가 박경리의 책을 찾아 읽었을지 궁금하다.

사흘 동안 같은 숙소에 머물며 만난 서대찬, 박동숙 선생님 부부. 새벽까지 이야기 나누며 이렇게 만난 건 다 운명이라고 환하게 웃어주던 그들도 절대 잊을 수 없다. 트럼프 호텔에서 만난 호텔리어 줄리아. 폐소공포증으로 호흡 곤란을 느낀 후 스쿠버다이빙을 포기하고 배 위로 올라온 내게 괜찮다고 말해주던 캡틴 존 프레데릭. 매 순간 수많은 사람을 만났다. 스치는 바람처럼 지나간 이들도 있고 어느 순간 내 인생에 깊숙히 들어온 이들도 있다. 모두 다 귀하고 소중한 인연이다.

여행에서 만나는 사람들은 내 생각과 감각을 보다 넓혀준다. 다음 여행에서는 또 어떤 사람을 만나게 될까. 벌써부터 기대된다. 누구라도 상관없다. 와이키키 월에 앉아 상대를 지긋하게 바라보며 행복해하던 어느 연인처럼 나도 두 눈에 애정을 듬뿍 담아 지켜볼 테다.

와이키키 비치 야경, 오아후

epilogue

꿈꿀 수 있다면 그것만으로도 좋아

"하와이, 어떤 점이 그렇게 좋으세요?"

인터뷰 도중 받은 질문에 고민할 새 없이 날씨와 공기라고 답했다. 1년 내내 청명하고 깨끗한 하와이 특유의 날씨가 무엇보다 가장 좋다. 개운한 바람과 깨끗한 공기가 몸과 마음에 평안을 준다. 공기청정기 따위 필요 없는 하와이에서라면 늦잠을 잘 수가 없다. 아침 일찍 저절로 눈이 떠지고 레깅스에 반소매 셔츠, 가벼운 바람막이 자켓 하나 챙겨 산책에 나선다. 세수 좀 안 하면 어쩌랴. 새벽에 내리는 빗방울로 얼굴을 씻는 경험도 꽤나 즐겁다.

오아후 스노클링의 성지라 불리는 하나우마 베이 능선을 따라 걷는 하나우마 베이 릿지 하이킹을 하면서 처음 보는 사람들과 아침 인사를 나눴다. 어느 날 아침에는 카이위 쇼어라인 트레일에 나섰다. 트레일 끝에는 알란 데이비스 비치가 숨어 있는데 마침 해변을 청소하러 온 직원과 마주쳤다. 그는 나를 보자마자 오늘 기분은 어떤지 물었다. 숙소 근처를 구경 삼아 어슬렁어슬렁하다 하와이 대학 마노아까지 걸었다. 학교 앞 길목에 작은 주택이 눈에 들어왔다. 그 집 앞 나무에는 그네가 달려 있었다. 서너 살쯤 되어 보이는 여자아이가 그네에 앉아 놀고 있는 게 보였다. 나와 눈이 마주친 아이 아빠는 처음 보는 내게 '한 번 타볼래?'라며 그네를 권했다. 처음 보는 사람들과 나누는 의례적인 인사 몇 마디에 불과하지만 그 언어들은 하루를 기분 좋게 시작하는 활력소가 된다. 길을 걷다 문득 생각했다.

'이렇게 어스름한 새벽 시간 한국에서 마음 놓고 걸어본 적이 있던가? 길을 걷다 낯선 사람이 먼저 인사하면 기분이 어땠더라?'

길을 걷는데 모르는 사람이 먼저 말을 걸면 반갑기보다 덜컥 겁부터 나는 요즘, 미세먼지로 긴급 재난 문자 메시지가 울려댈 날을 떠올리면 하와이 생각이 더욱 간절해진다. 누군가는 내게 이민을 권하기도 한다. 냉큼 떠날 수 있다면 좋겠지만 현실적으로 이민이 쉽지만은 않다. 사실 몇 해 전 실제로 이민박람회에 다녀오기도 했다. 그런데 서른다섯 살이 넘으면 학생 비자 발급이 어렵고, 하와이 소재 회사에 취직해 취업 비자를 받을 수 있는 것도 현재의 나로선 거의 불가능에 가깝다. 영어 실력 또한 원어민처럼 유창하지도 않고. 마지막 보루는 투자 이민? 당연히 내겐 그럴 만한 재산이 없다. 묘안은 없지만 괜찮다. 그냥 언제고 불쑥 떠나게 될 테니까. 하와이 기운을 가득 충전한 뒤 돌아오면 한동안 살아갈 힘이 생긴다.

첫 에세이 원고 마감을 앞두고 이탈리아에 다녀왔다. 일편단심 하와이행이던 우리 부부가 4년 만에 외도를 한 셈. 2012년 프라하를 여행할 때 우연히 추천받은 하와이는 나의 전반적인 삶을 바꿀 정도로 엄청난 영향을 끼쳤다. 인생은 한 치 앞도 내다볼 수 없다더니 하와이 덕분에 웃고 우는 날들이 생길 줄이야. 30대가 넘어 좀처럼 넓혀지지 않던 인간관계도 달라졌다. 하와이에 사는 친구, 이모, 오빠도 생겼다. 하와이를 좋아하는 사람들과 정기적으로 만나기도 했고 가이드북도 집필했다. 인생에 불쑥 들어온 하와이는 전혀 예상하지 못한 길로 나를 이끌었다.

하와이 사랑은 이탈리아에서도 계속되었다. 여행 장소를 옮길 때마다 하와이 관련 아이템들이 불쑥불쑥 보이는 것이었다. 어느 날엔 하와이 특산품이나 다름없는 파인애플이 보였고, 이오니아해에서는 '알로하'라고 적힌 카드를 발견했다. 밀라노에선 하와이 맥주를 프리미엄 맥주로 부르고 있었다. 하와이 명물인 포케를 파는 곳도 보였다. 이 모든 것이 그저 지나가다 눈에 띄었다. 하와이를 몰랐다면 그냥 지나쳤을 것들에 시선이 머물고 귀를 기울이게 된다. 몸은 이탈리아에 있었지만 여행 내내 우리 부부의 주요 화제는 하와이였다.

누구나 여행길에 잊을 수 없는 순간을 마주하고 마음속에 누군가를 떠올리기 마련이다. 그 대상은 못다 이룬 첫사랑이거나, 지금 마음을 다하고 있는 연인일 수도, 반려동물일 수도, 든든한 친구나 부모님일 수도 있다. 나는, 내가 이토록 사랑하는 하와이를 나의 소중한 사람들과 나누고 싶었다. 하와이라면 여행에서 겪을 그 어떤 어려움도 이겨낼 수 있을 것만 같았다. 그래서 시어머니와 단둘이 하와이로 떠나는 모험을 했고, 남편은 자신의 어머니와도 하지 않는 여행을 장모님과 떠나기도 했다. 훗날 조카를 데리고 가거나 친구들과 떠날 수도. 앞날에 그려나갈 그림이 어떠할지 스스로도 잘 모르겠다. 어찌 되었건, 하와이를 배경으로 한 그 그림은 무엇이든 아름답고 벅찰 것이라는 생각이 든다. 무모하리만큼 긍정적인 착각일지라도 상관없다. 적지 않은 나이를 먹고도 꿈꿀 수 있다면 그것만으로도 좋으니까.

이루어지지 않을 걸 알면서도 간절히 바라고, 그저 꿈속에서 그리는 수밖에 없더라도 포기하지 않는 희망이 있다. 일찍 세상을 떠난 아빠에게 하와이를 보게 해주고 싶다는 바람이다. 사랑하는 아빠와 하와이로 떠나는 순간을 무수히 그리곤 했다. 아빠와 손을 꼭 잡고 와이마날로 비치를 산책하는 꿈. 오아후에서 가장 긴 그 해변을 천천히 오래도록 걷고 싶다.

하와이에서 나는 세상에서 가장 친절한 사람들을 만났고 알로하 정신을 배웠다. 앞서 지극히 사적으로 풀어낸 나의 여행기가 또 다른 누군가로 하여금 하와이로의 여행을 꿈꾸게 한다면 참 좋겠다는 바람을 가져본다.

하와이를 꿈꿨는가. 언젠가 그 꿈을 이루는 순간 당신 앞에 일곱 빛깔 무지개가 나타날 것이다. 그 너머에는 훌라를 추며 '알로하' 인사를 건네는 이들이 있다. 그 싱그러운 미소에 화답할 겨를도 없이 꽃과 조개로 화려하게 만든 레이가 어느새 당신 목을 감싸면 기분 좋은 마법에 취하고 말 것이다. 그렇게 하와이가 당신 품에 안긴다.

카아나팔리 비치, 마우이

나는, 내가 이토록 사랑하는 하와이를

나의 소중한 사람들과 나누고 싶다.